MISHIMA YUKIO

三 岛 由 纪 夫

作品系列

青色时代

译者＝朱武平

MISHIMA YUKIO

三 岛 由 纪 夫

上海译文出版社

序

"在小说开篇之前附上与友人的对话作为序眼,不免有些不合时尚哩。"

"是啊,总而言之多少有些抱陈守旧是不可避免的。"

"对了,新小说的主人公有原型吗?"

"当然有啊,就是那位'光俱乐部'的山崎晃嗣。"

"拿模特儿当钓饵,你倒钓出什么歪理了?"

"棘手的原因就在于此。我想写一个毫无怀疑的人的故事。怀疑一切,便成了躲在书斋的哲学家,毫无怀疑则能体味到低层的幸福。可是,我这位主人公是将怀疑的范畴事先限定下来,只在限定范围之内怀疑。他的行动绝不会超出既定的蓝图半步,不会打破壁垒,更不会停止继续描绘他的蓝图。譬如,他对真理和大学权威之类毫不怀疑。在不怀疑的范围内,他的鄙俗连自身也无法察觉。荒唐的是,他的鄙俗在某种程度助长了他在怀疑范围之内的英雄行为。谴责马基雅维利,却在不知不觉中陷入马基雅维利主义①。如果青年想保持他的纯真,莫如彻底效颦马基雅维利,倒也不失为明智之举。不过,明智之举却未必是最佳的道路……"

"你到底是想绘制一幅讽刺画，还是想写英雄主义的故事？二者可是无法两立的哟。"

"的确。我想写的是关于赝品的行为，一本正经的伪英雄传。如果说人是以行动来决定认知，而不是以认知决定行动的话，我的主人公就是认知的私生子吧。"

"你是要认领咯？"

"这个嘛，现在还说不准。"

---

① 马基雅维利（Niccolò Machiavelli, 1469-1527），意大利政治家和历史学家，主张为目的可以不择手段。马基雅维利主义也因之成为权术和谋略的代名词。

第一章

一九二三年，川崎诚出生于千叶县K市。一九二三年即大正十二年。

地处千叶县西南，隔东京湾与京滨地区相望的K市设立市制是在昭和十八年①的时候。在此之前K市是个古老的渔村。自江户末期始，这里就一直是城里人游玩享乐之地。这里是濑川如皋的歌舞伎《世话情浮名横栉》②中主人公一见钟情的背景地，K市也因此闻名遐迩。及至昭和七、八年（一九三二、一九三三年）小柜川下流一带实施了疏浚工程，建设了机场。此后K市便以海军航空基地而出名，也因此得以建市。

K市历来多低能儿。也许是因往昔"淫风盛行"，与遗传有关。惟川崎一族，无论血统智力还是道德洁癖，在当地都堪称鹤立鸡群。

祖父的时代，学问与道德集于一人之身被视为天经地义之事。这一信仰迄今依然残存在部分地区。诚的父亲川崎毅，便是这古老信仰之下的最后一位活神。这位古老的活神不仅十分伟大，而且尽可放心的是似乎一时半会儿还死不了。诚的祖父曾是K市近郊佐贯藩的藩医，诚的父亲为子承父业。

凡事都有其优劣。智力的卓尔不群，意味着在其他方面会存在某些不可避免的缺陷。已然用道德的石灰浆固若磐石的川崎毅自不必多说，在这个低能的小地方，川崎一家的出类拔萃，在当地人眼中往往就像是实验室里培育出来的植物变种。成日里为仁儿子挨着个儿留级而苦恼的船老大便四处散布说，川崎夫妇为生出聪明的娃儿，偷喝了从德国私自夹带的秘制汤药。不知是否与坊间的流言有关，随着诚一天天长大，虽算不上聪明却直觉敏锐的诚的母亲，也隐隐约约觉得诚身上有股子说不出的不自然。这也成了母亲难与人言的心病。

宽约十米、水流清澈的矢那川从K市南部穿流而过。川崎家的宅子就坐落在矢那川下游新田桥的桥头。石造的大门和上下两层的简素楼房，从外观上一望可知屋子的主人定是一位正直谨慎、滴酒不沾的人物。家中唯一有趣的是伸向河面的凉台，坐在自家的凉台上就能钓着虾虎鱼。

沿着河岸的道路径直走下去是海岸，只是不大适合海泳。一到夏天，毅常常带三个儿子去鸟居崎海岸。从城里向北走，转个弯就到了海边。

至今诚还清晰地记得小学入学前后夏日的一天，赤裸的身子裹一件行者白麻里衣样儿的泳衣，时不时一溜小跑地迈开步子跟在父亲和两个哥哥身后。哥哥们别说拉起弟弟的小手，就没有半点放慢脚步的意思。哥哥们知道，若是流露出一丝懦弱的同情心，一定会遭

---

① 公元1943年。

② 又译《与三郎与阿富的爱情奇谭》。

2

到父亲的斥责。

诚加快了脚步。路过常去的文具店前，只见那只巨大的铅笔模型仍旧悬挂在店檐下面。

"不行！那可不是商品！给你买的铅笔都是舶来的，你还有什么不满意的？一脸委屈样儿。诚儿，你知道吗？天皇很是朴素呢，当年还是皇太子的时候，用的是最便宜的国产鸳印牌的铅笔哩。"母亲每每如此搪塞。

诚越是纠缠，母亲就越不答应，店员们也越发笑得厉害。

烟囱粗细的立体六角形，一头涂成黑色，做成细细的铅笔尖模样。六个侧面贴着绿色蜡光纸，用一根绳子吊了起来。绿底上面亮闪闪的金字儿像炫耀似的，以笔芯为轴迎风不停地旋转。

——心想着要快些走，穿着小小木屐的两只脚却不由自主地在铅笔模型前停了下来。

"非卖品。谁编的借口？为什么不能属于我？阻隔在我和那支铅笔之间的究竟是什么呢？"诚对问题的思考方式似乎正应了母亲暗暗担忧的"不自然"。不过另一方面，也可以说不过是娇生惯养的孩子的任性罢了。诚与其他孩子的不同在于，普通的孩子要电车玩具是为了玩耍，而诚一心一意要纸糊的铅笔模型，却并没有任何目的。为避免误解特此声明：诚绝非是具有诗人气质的孩子。

二哥看不过眼，折回来使劲儿拽诚的手，俯在诚耳边悄悄说：

"别磨蹭了，爸爸会骂的。"

诚抬起了圆圆的眼睛。一个长相平平、并不引人注目的孩子。倒是单薄而高挺的鼻梁让他失却了几分孩子的稚气。与小小年纪更不相称的，是一双漆黑明亮而深邃的眸子。世间的普通孩子的眼，大多有些朦朦的睡意吧。

二哥的忠告已为时太晚。父亲回身挡在了诚的面前。炽热的阳光照着路面，映射出草帽帽檐下川崎毅阴郁铁青的脸。毅下颌上的草帽绳工工整整地打成活结，两端留出的绳头也分厘不差一样长短。

"诚，你怎么啦？"

诚默不作声，膝盖微微地发抖。不留情面的兄长在一旁说道：

"这家伙，一心想要那个广告用的铅笔模型，总是让妈妈为难。"

出乎意料的是，一言不发的父亲看也没看诚，一转身走进文具店，向店主打听能否买下那个"非卖品"。店主一见当地名士开了金口，二话不说满口应承。付过钱之后，在闹闹哄哄中店员取下挂着的铅笔模型，递给被突如其来的好运惊得瞠目结舌的少年手中。

诚抱着铅笔。在铅笔的暗影中，诚的两眼在父亲和哥哥脸上来回逡巡。哥哥们瞪圆了眼，似乎比诚更为吃惊。父亲一脸不耐烦地扭开头。早已习惯了父亲对世间所谓温情一向反其道而行之的诚，正思忖道谢之后一个人先回家去，却觉得哪里有些不太对劲儿。身穿泳衣，脚蹬木屐，头戴着草帽的父亲转过柔道三段练就的粗壮身躯，背对诚若无其事地迈开步子向着海边走去。紧跟在身后的是和父亲一个模样的、仿佛父亲缩小版的两个哥哥。诚心里虽然一万个不乐意，也只好抱起巨大的铅笔模型跟在后头。适才还在心里感激父亲，认为父爱到底胜于母爱的诚，此刻却盘算着如何修正为时过早的结论。请想象一下一个六七岁孩子心里打着这样一副算盘时脸上的深邃表情吧。

"到底要干什么？难道要抱着去海边么？"

诚弱小的臂力渐渐难以承受这巨大的"好运"了。

海的方向,夏日大朵的积云飘浮在上空。正午的街道行人稀少一片寂静。小城的吴服店前挂着印了商号的深蓝色暖帘。暖帘下方系一块石头,暗蓝的影子长长伸向路面。燕子掷小石子儿似的飞来飞去。路上行人不多,都以带敬意的眼神向毅致礼。身穿泳衣的一行人也边走边点头回礼。看见小小的诚抱着比自己个头还大的怪物般的铅笔,路人们先是惊愕,随之又含笑而过。其中有消息灵通人士见了说:"小少爷,终于如愿以偿啦!"诚趔趔趄趄跟在后头不时小跑着才跟得上哥哥们的脚步。总算是到了海边,父亲一如继往地沉着脸买来汽水。诚猛喝了一口,呛得直咳嗽。

K城人谙熟水性,可以说当地人几乎没有不会水的。说来你也许不信,曾有K城出身的米商在东京芝区开着家米店。米店倒闭后乘夜出逃的米商将家里所有细软打了一个包袱,顶在头上横穿东京湾游回了K城。

诚的泳技总不见长进,父亲颇为恼火。相比之下,万事简单的两个哥哥早早就学会了游泳。正要下水,只见父亲雇了艘小船,站在岸边招呼哥哥和抱着宝贝铅笔的诚。

小船出了海。螃蟹一般顽固不语的父亲突然开了口:

"诚,作为男人,有时就算心里很想要一件东西,也必须要学会忍耐。否则,就会像今天这样吃尽苦头。怎么样?累坏了吧。要是你明白这个道理,还会坚持要这怪物吗?去!把它扔到海里!"

父亲用譬喻式的教诲向诚讲解他引以为豪的老派绅士美学,可是小孩子如何能懂?诚越发抱紧了铅笔,铅笔在怀里压得嘎吱作响。父亲向哥哥使了个眼色,两位忠实的手下瞬息将诚连人带笔抬了起来,作势就要往海里扔,唬得诚一下松开了手。

父亲将小船调转过头慢慢划回海岸。两个哥哥半是兴奋半是扫兴,默不作声。诚柔嫩的下巴抵在船尾,目送着铅笔在浪间渐渐远去。身体像在悲伤中溶化了一般,一阵沉重而涩滞的疲倦感袭来,诚不由弯下了上身。

"挺直!身子挺直!"

朦胧中似乎依稀听见父亲常挂在嘴边的话,毅却如岩石一般,只默默划动着手里的木桨。

纸糊的铅笔模型落入大海,瞬息沉入了水中,旋而又浮出海面。绿色蜡光纸和金字的笔身随着翻滚的波浪上下起伏,忽隐忽现。小船划到依稀辨得出岸上人脸的地方,曾经一度拥有却转瞬而去的变幻莫测的宝物,已消失在了视线中。

——这就是毅的教育方式。毅对自己的关于"克己自制"的教育效果非常满意。而令毅更为满意的是为了爱子,文具店的钱没有白花。这事也充分证明自己绝非吝啬的父亲。

报上的新闻(不知何故,凡东京的新闻事件,K市的报纸几乎无一遗漏),最初留在诚记忆中的事件是昭和五年①的"滨口首相狙击事件"。而次年的"满洲事变"②和昭和七年的"五一五事件",诚在记忆中却没有什么印象。

昭和十一年"二二六事件"时诚正在K市上初中一年级。诚的远房亲戚易,报考陆军幼年学校落榜之后,插班到了诚的班级。易对叛军深表同情,整天对诚灌输他的英雄主义。因而诚对"二二六事件"记得格外分明。

---

① 1930年。
② 即九一八事变。

遗憾的是,世间几乎无人论及这场拙劣的政变对少年的精神层面所产生的影响。通过这次事件,少年们有生以来头一次认识了"挫折"二字。在此之前,无论是学校还是家庭,少年们从未有接触这一新鲜概念的机会,易为此还自创了一种"感伤英雄主义"。

　　认为感伤属于女性是一个显见性的误解。事实上,感伤非常的男性,是粗粝而单纯的男人下意识为自己的内心所施的一层粉黛。一个不愿意承认自己"单纯"的男人,你要说他"Sentimental",他定然会愤慨不已。

　　诚隐隐觉得易所谓的"感伤"与自己并不十分相称。

　　"难道没有'非感伤英雄主义'吗?"诚想。

　　难道清楚而明晰地认识事物并战胜挫折这样的特质,与英雄主义互不相容么?

第二章

　　中学一年级学生所臆想的概念模糊的"英雄主义"背后，似乎隐藏着某种被恐惧裹挟的阴影。一切无非是阴影唆使之下的谎言而已。说实话，所谓的英雄概念，充其量不过是从集团中习得的个人主义罢了。

　　这与多年后诚拿手的论调相似，也就是说：通常，人们通过正常状态的社会来认知"个人主义"。然而，在异常的社会中，少年们对于"英雄主义"的认知却先行了一步。随着社会振幅（准确地说是痉挛）增大，"个人主义"的振幅也随之加大，从而诱发了"个人主义"的痉挛。所谓的"英雄主义"，不过是全身披挂以自我保护为目的的"个人主义"，是声嘶力竭用演说腔调高叫着反抗社会的"个人主义"。三十年代成长起来的少年们，为此而喊哑了嗓门。

　　诚升到K中二年级时，二哥念五年级。川崎家三兄弟就像约好了似的，不但各个学习成绩第一，而且都担任着级长。小学时，穿裤上学的全校只有川崎家的三个儿子。裤俨然成了名门世家聪慧子弟的标志。仿佛除了他家，别的孩子都没有资格穿。

　　诚与二哥比较要好，碰巧同时放学时两人常结伴回家。初夏的一天,听说五年级的坏小子在回家的路上打埋伏,二哥放学后顺带护卫弟弟一同回家。

两人沿着县道往家走,只见人称"阿兵婆"的五十上下的老女人正迎面过来。这老女人遇上当兵的,总是死缠着打听她子虚乌有的儿子的消息。对方一脸尴尬不知如何应对,她便不顾一把年纪现出一副媚态来,对方这才明白遇上了疯子。女人手里常挽着一个装满破烂的小包裹,打扮得干净利索,还淡淡地化了妆。只是口红涂得有些偏。

阿兵婆郑重其事地低头示意,向二人行了一礼后擦身而过。兄弟俩面面相觑,扑哧笑了起来。这时,身后传来卡车驶来的轰鸣和鸣笛声。

回头一看,一辆载满工兵的军车飞驰而来,兄弟二人赶紧让出了道躲在一旁。阿兵婆还在往前走,等到发现车上是士兵时,距离车已不过十来米远。只见阿兵婆毫不踌躇地冲了上去挡在车前,嘴里边大声叫着:"阿兵哥!"

卡车来不及躲闪,像是冷静地从女人身上碾了过去,停在了前方。车上的人被这出其不意的急刹车弄得东倒西歪。

从驾驶座跳下面色苍白的年轻司机,叫住两兄弟询问是不是自己家人。听了二哥的话,司机顿时来了精神,对着乱成一团的车上喊话说撞到了一个疯子。

二哥发现诚不见了,慌忙四下里寻找。却见诚挤在围成人墙的士兵里,死死盯着躺在地上行将咽气却还蠕动着的肉块。诚意识到自己居然能面对惨景不为所动,不由得意起来。

"原来人死是这样的。就这样,手指像婴儿那样一动一动……"

诚巨细无遗地观察了死亡的过程并牢牢记在了心上。诚学到了关于死亡的新知识,带着忠实履行义务的满足感回味着自己的冷静,为此兴奋不已。

二哥心里发怵,好不容易上前拽着弟弟的手,将诚从人堆里拉了出来,返回原路。一群白粉蝶纷纷扬扬飞舞着穿过道路。二哥这才稍稍安下心来。

"你还真敢看呐!"

诚快活地仰起脸望着哥哥:

"嗯,我就是想弄清楚人究竟是怎样死的呀。"

二哥听了瞠目结舌。

诚上K中三年级时,是昭和十二年。这一年七月爆发了"卢沟桥事变"。

K中后来以军事训练成为名校。从那时起,就在明治神宫全国体育大会上取得过短跑、跳高等田径项目的一等奖。学校里专设了风纪纠察员,在风纪方面要求严格。

诚是级长兼风纪纠察员。乍一看似乎也找不出比他更合适的人选。永远笔挺的裤缝,雪白的衣领,修得干干净净的指甲,短短的小平头。袜子打了补丁,书包是哥哥用旧的。路上遇见高中部的女学生,尽量避开视线露出一脸不屑。诚挺直而单薄的鼻梁更给他的形象增添了几分冷淡。诚的做法招致了女学生们的反感。其实,诚是怕自己脸红才故意装出冷淡的样子。

战争年代度过青春期的一代人,说他们无暇考虑男女之事那是假话。然而,青春期的焦躁不安与纷繁芜杂的社会环境,让少年们将爱情想得过于华美和特别,却是不争的事实。

作为风纪纠察员，诚对自己肩负的道德义务一半是郑重其事，另一方面，诚学会了像警察刨根问底盘问犯人的私情，在底下偷着乐的那一套。诱供往往会出人意料地暴露审讯者的天真。诚认识到要劝告品行不端的同学，必须首先让人觉得他是在设身处地为自己着想。听完登上教师黑名单的家伙炫耀的情事，诚轻叹一声：

　　"哎，你可真够花心的！其实我也喜欢这样呢。"

　　诚说的倒是与年龄相符的真心话。没想到多次提醒却依旧敞着揿扣、行为不端的朋友走过来，挑起嘴角冷笑道：

　　"哼！就你？还扯什么花心不花心！别开玩笑了！"

　　这个年龄的少年，最不能忍的便是如此难堪的侮辱。诚脸色苍白地站了起来，咬着嘴唇一言不发。额头处略显神经质的薄薄的肌肤下，与年龄不相称的青筋暴了起来。

　　"凭什么这样说我！我现在这样子是谁的错？软弱的妈妈是无辜的。对了！都是爸爸，都是爸爸的错！"

　　诚满腹怨气找不着地方发泄。下午的作文课题目偏巧是"我的父亲"。

　　提笔之前诚让自己尽量冷静下来，用钢笔顶在脸颊上想了很久。

　　教师回到办公室打开作文一阅，被诚大胆叛逆的内容吓了一跳。诚的字一如往常，干净整齐到近乎偏执的程度，没有一个字越出格子。

我的父亲

川崎诚

　　表面上，父亲是一个品德高尚、富有人情的正人君子。毋庸置疑，作为内科医生，论医术的确在县内也是数一数二的。但是，我眼中的父亲,却是一个因循守旧、刚愎自用的人。无论从哪方面都无法看出父亲竟然毕业于一流的一高和东大。难道父亲从生下来哇哇啼哭的婴孩时代起就是完美的吗?如果答案是否定的,那么,为避免让自己的孩子犯他自己曾犯过的错误,作为父亲,成天喋喋不休地在耳边絮聒,不能不说,这是一个很大的谬误。人只有从错误和失败中才能真正接近和获取真理。父亲这样做的结果,不但无法引导孩子认识真理,反而使其背离真理。也可以这样考虑,父亲之所以如此,是否是因为害怕自己犯过无数错误才辛苦到手的真理被儿子夺走,才监视儿子的呢?其实,父亲有不少鲜为人知的缺点和怪癖。首先,嫉妒心极强。在社会上,他以品行高尚和人情敦厚为世人所尊敬。然而,前几日报上刊登了父亲儿时的旧友荣升东大教授的消息,父亲对此极尽讥讽辱骂,在一旁听得人心生厌恶。父亲对儿子的嫉妒之情也可用此事加以说明吧。身为一名光荣的K中学生,本人一向心无旁骛勤以致学,一切俱出自于个人的克己自制,绝非听父亲之言而唯命是从。我只想高声说:父亲啊,你这家庭的魔王!在世人面前抛却你伪善的假面吧!

——作文课之后是体育课,诚的小组被指令在校外跑步。有生以来第一次的叛逆令诚兴奋不已,脚步轻盈得像是要飞起来。往太田山方向的道路左侧,远远能看见屠宰场阴森森的红砖房,一阵阵猪的哀嚎声惹得跑步中的一行人笑个不停。

诚没有笑,但此刻萌生出一个十分痛快的念头,因而他为自己的想法而得意地笑了。"对啊!将来我一定要成为大学教授!父亲不是最妒忌东大教授吗?做给他看看!这是多么痛快的报复啊!父亲若是在报纸上看到儿子的任命书,一定会勃然大怒吧。"

诚的想法显然不谙人事。他相信自己憎恨的是父亲人格上的缺点。和普通少年一样,诚没有意识到他所憎恨的,其实是父爱。

像世间所有可怜的父亲将未竟的梦想寄予在孩子身上一样,毅也很早就有这样的打算。这一想法甚至连妻子也一无所知。三个儿子中诚最有出息。作为适当的人选,无论如何都要将诚培养成大学教授。

彼此之间从未袒露过真心的这一对怯懦的父子,就像同一列车厢中为琐事争执不休的旅人,浑然不知将在同一终点晤面的命运。

人们往往很难意识到憎恨父亲,因为他是与自身最相像的人。

诚也不例外。首先,让诚不愉快的是连长相都与父亲十分相似。

诚最近越长越像父亲。除了身高和身板的厚度与父亲相反之外,疏淡的眉毛、微突的颧骨、上翘而略显轻佻的嘴角,及与此形成鲜明对照的刚毅而冷峻的下巴……所有的一切皆来自于父亲。只有那双深邃而澄澈的眸子和神经质的紧致的肉体,仿佛名画的剽窃者因内心的愧疚而添上去的独创部分。作画者与生俱来的拙劣与偶然的灵性合二为一,神来之笔与随之又将此毁之殆尽的败笔共存于同一幅画面。而这一切,便足以使作者陶醉其中了。

父亲毅总是对诚缺乏果断、不够豪爽而忧心忡忡。不过话说回来,毅自己也并非十全十美。比如,毅高中时代曾热衷于柔道,其目的不过是为日后的健康长寿着想。一丁点儿的小伤,都会细致地消毒包扎。对于毅的小心,大家只当他是医生的儿子而一笑了之。细想起来,一位壮硕的男人对身体几近病态的爱护,的确有些猥琐的感觉。

在家里，母亲和哥哥将诚唤作"杞忧居士"。诚似乎天生具有一种不祥的——如果这样说有些过分的话——不幸的想象力的天赋。诚只是比父亲坦率一些罢了。

诚多虑的禀性就像一张楼房设计图，过于追求细部的完美而忘记了设置通往二楼的楼梯。同时也暴露出诚盲目乐观的一面。诚对未来有一种模糊却不乏现实的预想。想到自己不久之后便会被征兵，也许活不了多长这一点，诚来了兴致："未来的大学教授，作为二等兵战死在沙场也不失为一件愉快的事哩。"诚不着边际的空想就像肩上扛着三八式步枪，疲惫地走在野外强行军的路上时，看见的放飞在晴空的气球，忽上忽下，幻化成一个个愉快的影子浮现在脑海。

翻过乙女岭，俯瞰富士山脚下广袤的原野，远远望见宿营地上一排排的屋顶。沿着蜿蜒的山路而下，若隐若现的屋顶渐次清晰起来。脚上的水泡在下坡时更加疼痛难忍。诚却为自己仍旧能保持乐观的心情而感到高兴。值得注意的是，诚的感情似乎常常需要反刍与回味。"屋顶，白晃晃的洋铁皮屋顶！到那里就能歇息啦。即使屋顶下面除了爬满臭虫的枕头和磨光的毛毯之外一无所有，那又怎么样？到了！马上就到！啊，希望！在你面前人竟然是如此渺小，并学会了体味这惬意的狡黠啊！"

不必惊诧于初中三年级少年的感喟。诚和众多少年一样，只是将自我资质的咏叹误认为思想而已。

小队长以上由高年级学生担任。诚虽是级长，却还轮不上挥挥指挥刀的轻松活儿。不过，诚倒是更乐意于苦役。肩上沉重的步枪渐渐嵌进了肉里，像咬住肩头不松口的小兽。静默中，步枪的重量似乎转化为肩负的责任与义务。想到自己正积极热情地执行这一光荣任务，诚立刻又变得兴致高昂起来。

跨进营地大门，响起"正步！走！"的号令。疲惫不堪的学生们豁出最后的气力踏得地面山响。营地煞风景的院子尽头，山脚下起伏的原野已近日暮。夕阳下，玫瑰色的余晖映红了高耸入云的富士山。美丽的景色深深打动了诚。

离晚饭还有段时间，同学们有的擦武器，有的交换臂章，有的结伴出去散步。还有一些同学围着教官听老掉牙的英勇事迹。训练的辛苦和疲劳一旦过去，诚顿时又成了郁郁寡欢的少年。诚反复地点检步枪，将浸了油的布条缠在黄铜棒的一头，插进枪管一遍一遍擦拭着。一旦停下手，脑子里便开始冒那些杞人忧天的念头。

"终于想起来了！"诚咂着嘴，换了新布条。"这下可糟了！交了作文之后的次日，担心被父亲发现，又不好意思觍着脸求老师保密。在南町邮电局门前碰巧遇见师母，求师母转告老师无论如何别让父亲看到那篇作文。真不该求师母！那女人本来就多嘴，加上脚气性心脏病常来父亲的诊所就诊。怎么这么愚蠢呢？师母倒是满口答应。可是仔细想想简直是自寻烦恼。老师的话，一两个月也未必能见着父亲，可是师母却每周必来。一定会提起那件事的。真烦人！……"

忧心与臭虫合谋折腾了诚一夜。刚入睡不到一两个钟头，诚便被拂晓的起床号从梦中惊醒。清脆婉转的鸟鸣声中，按惯例，第一件事是朝着皇宫方向遥拜。一想到遥拜的方向父亲睡得正香，诚顿时情绪低落了下来。

回到K市的家中，父亲与往日并无两样。看情形师母并未告状，一颗悬着的心这才放了下来。不出片刻，诚又鄙视起自己苟且偷安的行径来。像着了魔一般，一个人晃晃悠悠走出了家门。

　　走在夜晚喧嚷的街上，诚突然想起万一途中碰见同学，从身后半开玩笑地拍一下肩膀，自己瞬时便会沦为初中三年的不良少年。今晚也将成为既无意义又无反省的一夜。诚认为，人生的价值便在于反省（当然，除了反省之外，现阶段诚的人生可说是空无一物）。无论如何，必须立刻寻出一件忧心事来拴住信马由缰的思绪，只有这样才是不虚度今宵的正道。此类情感功利主义，便是诚教养的萌芽。

　　兜了一圈，诚又回到矢那川河畔。沿着河畔茫然地向海的方向走去。阴沉沉的云笼罩着夜晚的天空。明知前方是海，海却有如凝神屏息在暗中窥视自己的黑魆魆的巨兽。空气中浸透了海腥味，潮声像预感一样发出隆隆的响声。诚对自己的懦弱又气又恨，边走边哭了出来。为自己的话，哭也无妨吧。

　　"我怎么这么懦弱呢。每日如履薄冰，活得真够窝囊的！第一次反抗，却躲在父亲看不见的角落，事后又忧心忡忡。没出息，不如死了算了！这样子将来能成什么大事？"

　　诚停下脚步，凝视着河面。浅浅的小河跳下去也不会溺水。对，应该去海里！向那漆黑的巨兽雪白闪亮的齿间冲过去，便能一了百了了！一旦下了赴死的决心，诚发现软弱的自己也很有可取之处。脸上一阵发烧，加快了脚步。

　　走出不远，海风还未及吹干脸上的泪珠。河边一对男女偎依着走了过来。及至近处才发现，原来是作文老师的太太。太太"唉呀"

了一声,推了推身旁大学生制服的青年,两人慌忙分开了身子。

诚绷着脸点了点头,算是对"唉呀"的回应。诚并没有多想,太太却觉得诚生硬的表情背后一定有文章。走过去之后又小跑着返回来,叫住了诚:

"川崎君,你听我说呀,川崎君!"

"难道她注意到我要自杀了?"——诚默不作声地加快了脚步。女人也加快了步子从后面追了上来。

"你听我说,我想求你一件事儿。"太太开口道。

诚惊讶地停住了脚步。

"今天在这儿遇到我的事,跟谁也别说好吗?你要是说了,作文的事我会马上告诉你父亲。答应我,好不好?"

诚点了点头。

"一言为定哦。"

太太这才微微一笑。不过这是对自己的微笑。至于诚夜晚为何独自在此,脸上还带着未干的泪痕,太太却无暇顾及。黑暗中只见太太白皙的手指晃了晃,算是和诚道别。旋即,太太飞快跑向了暗处等待的年轻男子身边。

诚神情古怪地发着愣。渐渐,一抹笑容在嘴角缓缓泛开。仿佛坏事得逞之后的兴奋,伴随着莫名的满足感、准确地说是满腹感,诚笑了起来。方才自杀的决心也忘得一干二净。诚独自走在夜路上,努力想让自己变得严肃一点,却还是边走边忍不住笑出了声。为了避开适才的两人,诚拐进小巷特意绕了一个大圈。

回到家已是累得直喘粗气,却还是忍不住发笑。躲进书房,在榻榻米上连翻了两个跟头,还是觉得好笑,又笑了起来。

母亲端茶进来,看见儿子忘乎所以的高兴样儿惊讶地合不拢嘴。

"你到底上哪儿去了?"

"跑步去了呀。真畅快,还是运动让人心情舒畅……"

儿子说着又笑了起来。

第三章

作文的事，就这样在毅的眼皮底下瞒了过去。事情虽了结得容易，随着时间的推移，诚内心却越来越烦懑，假扮孝顺儿子的戏真是演够了！

诚痛恨自己的伪善，其实却是恨错了对象。如期奉纳的孝道——优秀的成绩——与早就开始着手准备的升学考试，焦虑情绪搀杂在一起的危险同"良心"与神经衰弱的混合物的危险性甚为相似。而真正的危险则在于：离开了伪善一切将难以为继。

夏日的傍晚，难得地与父亲上街散步。两人经过抱着孩子讨饭的瞎眼女人面前，父亲慷慨地扔了一枚银币。诚对父亲的行为很不以为然。在一旁的诚清楚地知道父亲对讨饭女人并没有一丝怜悯之心。

毕竟是孩子，诚脱口而出：

"爸爸，既然不觉得叫花子可怜，怎么还给她钱呢？"

儿子的直言不讳不知何处惹恼了父亲。对毅来说，孩子只需明白父母的苦心已足够，居然揣摩大人的心思，真是岂有此理！

"少说废话！"毅呵斥道，"从小就胡思乱想那些歪理，将来不成牧师也非赤化了不可。"

　　毅生平最讨厌的就是这两种人，提出这两者也证明毅的确是很生气。按毅的看法，凡是主义信仰等等都是一种病。而以病情的发展及恶化为使命的这两者，统统被毅视为医学的天敌。

　　近来诚有些用功过度，毅出于一片好心，才像今天这样叫诚出来一起散步。

　　"不想让我考一高①？"自从诚如此神经质地抗议过后，毅再也没了一同散步的兴头。

　　中学三年级暑假的最后一天傍晚。读京都大学的老大和"二高"的老二，次日要返校。毅想像从衣橱里取出自己的三件套的西服好好欣赏一般，看看这三个儿子。毅在大家乘凉处的靠河的凉台上备好冰水，打发女佣去书房叫诚。诚推说正在做功课，一口回绝。

　　"最近，这小子越来越目中无人了！"毅怒气冲冲道。

　　"再这样下去，怕是升学也有问题呢。"

　　毅脸色难看地端着放了冰块的水杯站起身。母亲和两个哥哥躲在走廊拐角，偷偷观望着父亲。毅径直走到诚的书房门前，端着水杯站立在门口。

　　"诚，爸爸给你送冰水来了，出来取一下！"

　　诚想了想，冷冷地答道：

　　"我没时间，正在做功课呢。"

　　"你说什么？你没长脚啊，从桌子到门口都不能走了？"

　　"不能！"

---

① 旧制第一高等学校，简称"一高"。是日本最早设立的公立旧制高等学校。

"好小子！看我怎么收拾你！"

门没有安锁头。毅想推门，门从里面用椅子和柜子堵得堡垒一般，使劲儿推也推不开。毅一时无计可施，杯子从右手换到左手时水洒了出来，透心凉的冰碴掉在了毅的光脚背上，毅气急败坏地将手中的杯子砸在了门上，高声叫骂起来。毅的嗓门原本就比一般人高。

"好小子，有本事你永远别出这门！多津子，多津子！"父亲扯着嗓子喊母亲，"听着！不许给那小子吃饭！"

世间的伟人传中，往往在此处母亲会啼哭着为孩子求情，而主人公则是一生铭记母亲的恩情。偏偏诚的母亲胆小懦弱，从不敢对丈夫说半个不字，只能束手无策地观望。父亲冲到庭院操起木匠家什，在书房窗户外钉起了钉子。大哥也跟着凑热闹帮父亲封窗户。

没过多久诚尿急起来，从屋里找了个花瓶了事。可谁知肚子又不合时宜地疼起来（唯独这件事实在无法可想），只好硬起头皮向父亲认错。诚推说肚子一早就不舒服，而父亲又不肯给自己辩白的机会等等。诚的说辞不但无懈可击，似乎还占了理。尽管如此，这位中学生仍心里暗暗发誓，绝对不可忘记这次投降的屈辱。

唯一聊以安慰的是诚在屋子里面苦学，并不是为着升学考试。这位事事考虑在先的少年，私底下已开始自学高中德语。假若是海涅的诗，多少还能添些色彩，而诚埋头苦学的却是枯燥的德语语法。

诚好久没去理发了，一进理发店剃头的师傅说起诚的父亲毅曾向自己诉苦。师傅劝说诚，希望少爷能理解父亲的一片苦心。

"别看老爷子那样，其实最挂心的就是小少爷您啦。满心希望将来您能有大出息哩。少爷在学校成绩第一，又是级长，将来肯定前途无量！你看看我家那小子，隔一年留一级，净让爹娘伤心。老爷子还说,希望将来你能当上帝国大学的教授哩。"

诚长这么大还是第一次听说父亲的这片苦心,很是吃惊。父亲在家人面前从未流露过一丝关于自己的想法。不知何时,自己的野心与父亲的欲望竟如影随形般地不谋而合。这一发现让诚着实恼火,心想不如改了志向。仔细想想,这颇具讽刺意味的结局,反而是对父亲不着声色的嘲弄和报复,诚嘴角不禁露出一丝淡淡的微笑。此刻的笑容看上去是如此的纯真无邪。成年之后,这微笑成了他吸引女人的为数不多的魅力之一。

诚与实际年龄不相符的冷酷,也许令许多人感到不快。事实上,这位自我意识异常敏锐的少年,对自己内心的冷硬也同样的束手无策。

每当对自己的无感不知如何应对时,诚便出去散步。这也是诚喜欢独自一个人散步的缘故。

十六岁左右的中学生,独自在外面游荡不免有些异样。为了不让人起疑,诚总是装着有事的样子匆匆而行。有时,沿着矢那川一直往上游走,还到过中乡谷一带,到了那里诚常常随意躺在草地上,掏出单词卡背单词。

"不知为什么,有时候觉得像是有块巨大的冰块堵在心里,让人难以忍受。尤其是感觉到厚厚的冰块之下小小的温软如小猫般的心。可怜的小猫,我真恨不能砸烂这冰块。柔弱的心和冷漠的感情,为何两种互不相容的东西共栖于一身呢?父亲是爱我的,这一点毋庸置疑。可是明知如此,我却无数次想象着父亲的死而没有一丝悲伤。要是父亲死了,可以确信,自己绝不会流一滴眼泪。唯一担心的,是生活将不如现在这样了。

都以为我是个冷酷乖戾的人。可是没有人知道我内心深处的小猫是多么柔弱无助。这也难怪,是我自己拼命掩饰的缘故。其实,某些时候,我也是一个非常善良的人……"

不觉间几乎为自己感动。诚站起身来用小刀向四围的芒草齐刷刷割了过去。平素对削铅笔极为讲究的诚,总是不离身地带着伯父送给自己的礼物,一把德国产的精致小刀。

诚喘着粗气又倒在草地上。秋天的云飘过天空,诚脑海里突然浮现五月里已辞职结婚、离开川崎家的小护士温柔的脸。除了她之外另两位护士都丑得出奇。护士比诚大四岁。在她面前,诚总是小心翼翼地保持着警戒,生怕一不留神暴露了自己的真心,甚至故意装出冷酷无情的样子。父亲外出的一天,外面大雨滂沱。诚去护士值班室想找人替自己去买墨水。推开值班室的门,里面恍若另外一个世界。三个护士齐齐转过脸。瞬时间诚决定指使女孩在暴雨中为他跑一趟。诚这样做的目的,当然是为了刁难小护士,或许是趁机想和她说两三句话也未必。

"眼睛可真美啊。笑起来眼里就像荡开了涟漪。"

诚感叹着,旋即又红了脸。

昭和十四年,诚中学四年级考上一高。这不单是川崎家的大喜事,也是K中学莫大的荣誉。父亲对诚的态度骤然发生了转变。

诚考中一高的事,毅几乎对每一位就诊的患者都讲了一遍。其中还有连听三遍的,不免让人有些厌烦。毅向病人透露消息时的样子说来堪怜。手里摆弄着没什么毛病的听诊器,露出一脸烦闷向病人抱怨:"唉,最近家里闹得不得安宁。你瞧瞧,连听诊器也跟着添乱呐。"

患者只好问："家里出啥事儿啦？"

"其实也没什么。就是内人心神不宁，像个毛丫头似的连个茶杯都端不稳！溺爱孩子这事，怎么也得有个度吧。"

"到底发生了什么啊！"

"诚那小子，考中了一高！"——然后言不由衷地补上一句："这小子，中四就考上了一高，倒是给当爹的省了一年学费哩。"

那一年二月，日本军占领了海南岛，K市举行了小规模的举旗游行以示庆祝。同年三月，希特勒宣布波希米亚和摩拉维亚保护国成立。

K城的上空，日日夜夜飞着海军战斗机。一到星期日满街都是军服。年轻的海军士官、下等士官以及水兵，成为相应各阶层未婚少女的梦中情人。家世好的女学生则憧憬士官，护士憧憬下等士官，女佣爱水兵等等。军队的等级意识在女人心中也留下了深深的投影。渐渐地，城里的秩序也在不知不觉间成为助长军队等级制的绝好温床。孩子们梦里想的都是飞机。一出新机型，最先记住机名的也是孩子们。一部分飞机向普通市民开放，军部和市里共同举办航模大赛，一如此类的活动让孩子形而上学地相信，不能开飞机只是年龄太小的缘故。眺望着蓝天下一起放飞的航模，小主人们深深相信，自己心爱的飞机那小小的机翼自然而然会随着时间的过去而长大。

对这股风潮，川崎家自然不会视而不见。川崎毅接触军医的机会多，自然少不了在家中招待年轻的将官。用毅的话来说，海军多精英人士。话里的意思是自己和这些人才最投缘。来客们皆是精明强干的年轻人，富于理性，精通技术，既不讲主义也不信神祇，却充满了热情与活力。这种现象，在战后青年身上已很难看到了。

诚佯装对客人漠不关心。来家里玩耍的表兄易，经毅的许可特意坐在席间旁听，听得入迷，还情不自禁地发出"嚯、嚯"的感叹。当晚，易在诚家里留宿。次日是星期一，学校正值放春假，两人便结伴去太田山。

太田山位于K中的东北面，是一片绵延伸展的丘陵。山上灌木丛生，正是练兵的好场所，间或被当作K中高年级学生处罚低年级学生的"法场"。

三月末，矢那川河堤的樱花已星星点点地在枝头绽放，春草也开始萌芽。两人边走边聊。奇妙的是，成绩优秀的级长在劣等生的易面前却有些笨嘴拙舌。易依旧沉浸在昨夜的兴奋之中，不住地对诚讲着昨夜听来的士官的英勇事迹。

"怪了！本来瞧不起表哥兴奋成那样儿。明明只是把他当作傻瓜的。"诚心里嘀咕，"却也并不讨厌。即便没有插话的余地只能乖乖地听着，却喜欢听他讲。这是为什么呢？战斗机、大战果、一等功、海军中尉、军校……这家伙说的，不过净是这些而已。"

诚想起父亲曾训斥自己缺少年轻人的活力，性格不够开朗。当然，现在的毅早就不提这些了。诚一度觉得父亲过于拘泥"年轻"一词的概念。话又说回来，就算和易一样活泼开朗外加青春痘，样样不缺，考不上一高，父亲定会找出别的理由来指责自己。

这位最能将谦虚品质吸入体内的少年，在中学能否毕业还未知的表兄面前，自然不会提及一高的事。然而，将这样对于诚来说举足轻重的大事憋在心里而引起的不痛快，使诚的话也自然少了起来。再说，就算说了，易也绝不会对此有兴趣——这是诚沉默的第一位的原因。

"我觉得比起陆军,最近还是海军厉害得多。有啥办法能进军校呢?太迟了吧。"

"怎么会?现在也还来得及呢。"

"真的?你还记得二二六事件吗?"易记住了"二二六事件"却想不起诚考上一高的事。

沿着蕨菜繁生的陡峭山路向山上爬,灌木林渐渐稀疏了起来。终于到达了山顶,两人找了个老树桩坐下来休息。天气晴朗得出奇。两人出了一身汗正在脱上衣。刚脱了一半,易忽然想起了什么似的对诚说道:

"哎,给我讲讲一高的事,宿舍什么的看过了吧。"

诚微微一笑,没有一丝冷笑的影子,这微笑,是那所谓的诚内心深处的小猫的微笑。

"真自然啊。"——诚看着表兄在心里不由得赞叹。"我缺少的正是这种自然而然的感觉。换成我定会没完没了地揣测对方。即使忘记了对方的重大事件,在想起时也不会让对方察觉吧。或是干脆向对方坦白,假惺惺地道歉。表兄竟如此自如。也只有表兄才能做得到吧。正是他可以只对喜欢的事感兴趣,对其他的事则一概置之不理。也就是说,他是个有爱的能力的人。"

诚如此赞叹,原本是对自己有几分自信的缘故。与往日不同的是,诚坦率地承认了自己的缺点,目光也柔和了许多。易被盯得浑身不自在,生硬地笑了笑。阳光透过树叶斑驳地洒在易雪白的衬衣上。

"别这么一声不吭的,怪阴沉的,说说一高的事儿啊。"

"说了你也不爱听。"

"谁说的?爱听。"

"你肯定没兴趣,都写在脸上呢。"

易被说中了心思,眯缝着眼笑了起来。易一笑总是不停地眨眼睛。

"嗯。其实,羡慕你能去东京倒是真的。你人聪明,以后肯定能成大人物。往上,一直往上,再往上……不过光长个子不长肉可不行哦。日本地震多,像摩天楼一样,太高了容易倒。"

易的忠告也洋溢着灵活机智。诚满心欢喜地点了点头,向易表示感谢,并邀请易去宿舍玩。易问宿舍的所在地,诚对东京的地理不熟,随身又没带地图,却拗不过易的催促,只好指点着大致的方向。除了秋天,很少有像今天这样视野清楚的天气。放眼眺望东京湾,只能从亮晶晶如小贝壳般的羽田瓦斯罐来推测大森的大概位置。

诚犹豫到底该指哪个方向,快活的表兄不免对自称"东京通"的诚又是一番取笑。

住进宿舍后,诚依然不时略带感伤地忆起太田山及那一天的感动。

第四章

　　说起一高,不能不提及远近闻名的入宿仪式。首先让诚大跌眼镜的是,集合在伦理讲堂的新生从早上九点起至少八个小时,须恭听舍监长篇大论的演说。据说,演讲的时间越长越能显出舍监的能耐。说起这位舍监的派头,真可谓"无懈可击"——无懈可击的胡子拉碴,无懈可击的粗劣草屐。登上讲坛,从回顾向陵①的光荣传统,洋洋洒洒直至论及诸多历史哲学等重大问题。

　　新生们须正襟危坐,绝不允许背靠座椅。时下流行化纤物,新生腰间系的却是清一色崭新的棉布汗巾,不消说是父母们张罗的。

　　讲演者无话可说时便拉出《向陵志》来救场,在讲坛上只管连篇累牍地念下去。诚自己装作洗耳恭听,却被似乎听得入迷的新生认真的态度惊得合不拢嘴。由于事先早有严令,演说期间,别说打盹儿,连中途如厕的人也没有。从头一晚起新生们就不敢多喝水。挨墙一溜站着凶神似的风纪点检委员,目光炯炯地在新生身上来回梭巡,吓得在座的喷嚏也不敢打一个。

　　诚转动眼珠偷看右侧。从邻座侧脸的老相上判断,至少之前落过一两次榜。红脸膛儿,鼻翼翕动,一副吃过人的恶相。只有耳朵不时地微微一动。诚正寻思着耳朵动是否与遗传有关，忽然注意到这位态度端正、足以作新生楷模的老兄，拼命咬住嘴唇忍着哈欠。

有一种性格的人，绝不承认自己与他人并无二致，认为暑天单自己独热，寒天唯自己独冷。要是有人跟他分辩寒暑冷热不分彼此，便会认为这是对他的侮辱。

"如此看来，这位耳朵会动的家伙也觉得乏味无聊，并非真心听得入迷呢。"

方才还强忍着的无聊立时变得不堪忍受起来。其他人居然也同样在默默忍受，这一发现令诚很是恼火。诚原本以为这可钦可佩的自制力，是自己独具的才能。

舍监是一位身材瘦削、目光犀利，乍一看宛如本邦乔治·丹东②的二十二三岁的青年，没有半点幽默感，似乎相信让人发笑便会下地狱。舍监不时抽出腰间的手巾，擦拭着额头的汗，擦完之后又塞回腰间。如此反复，无意中拿手巾当抹布擦起讲桌，再擦擦额头。光可鉴人的桌面倒也无妨，随着演说渐入佳境，不知不觉伸向了桌肚。汗湿的手巾上沾满了灰尘，再一抹脸，顿时留下一片黑墨般的痕迹。在座的新生想笑又不敢笑，只好强忍住肚子里的笑虫。

诚突然冒出一个念头：

"大家明知好笑却不敢笑出来。我便笑了又有何不可？"

发现并非是自己一个人在忍耐时，他突然改变了宗旨。虽有些

---

① 昭和十年（1935年）东京第一高等学校（一高）校址迁至驹场的向之丘，立"向陵碑"以示纪念。"一高"因地名被称为"向陵"。

② Georges Jacques Danton（1759—1794），法国大革命领袖，雅各宾派的主要领导人之一。

过于随意之嫌,此刻也顾不得反省了(当然诚在此则是故意不给自己反省的时间)。诚双臂交叉在胸前,肆无忌惮地大笑了一声。

"混账!"

风纪委员的怒骂顿时飞了过来。跟在诚后头准备起哄的家伙们连忙缩回了脑袋,演讲也停顿了下来。静默中只有怒骂声像钟声的余韵在四周回荡。夕阳照进了伦理讲堂,四百多人的听众仿佛被咒语束缚住一样僵在了那儿。

转瞬之间一切又恢复了平静。演讲者继续演讲,风纪委员不再做声,新生们接着洗耳恭听。就像没有发生任何事一样。一切回归原样,各就各位。

只有诚仍旧沉浸在刚才的亢奋中。双手在颤抖,脸颊像着火一样发着烧,心也在怦怦乱跳。

"啊!我这是要后悔了吗?这就要给后悔抛媚眼了吗?"

诚紧紧握住双拳抗争着内心的软弱。

直到傍晚七时,漫长的入宿仪式才总算结束。新生回到宿舍。诚的宿舍是南寮。昨天为止,课外活动小组尚未最终决定,先大致分配了房间。今天,各人的所属都已确定,宿舍也定了下来。诚被分配到南寮八号弓道部的房间。

诚对艺术类不太感兴趣。先是想干脆不如加入赛艇橄榄球等风头十足的小组。又一想,满足求知欲必须尽量节省体力,最终选中了似乎不大费力的弓道。

正忙着收拾行李,一位身材略胖、满脸笑意的新生扛着行李走了进来。胜见学兄向诚介绍道:

"这位是爱宕君,你的室友。"

诚站起身拍了拍手上的灰打了声招呼,对方的耳朵动了一动。

"啊,刚才坐在旁边的就是你吧。"诚说道。

胜见学兄推说有事,出去了之后,两位新生这才稍微松了一口气,坐在床沿上晃荡着脚聊起天。

"刚才是你笑的吧?"爱宕道,"当时我就想这家伙可真了不起。可笑而忍住不笑,那才是对真理的不忠呢。"

"哪里,我也是不由自主地笑了出来。我这人就是这个毛病,做事总是不顾后果冒冒失失的。"

诚说的不是真心话。诚心想,让对方理解自己是故意的,并非是一件容易事。

诚有一个奇妙的想法,希望对方将自己看成是轻率莽撞的人。倒不是因为后悔。一方面,诚对眼前这位思维与自己十分相似的新生有些警戒,不想露出锋芒。另一方面,爱宕说得一口流利的东京话,K市出生的诚索性露出一副乡下人的憨傻,以讨好爱宕。

"不会有事儿吧。"诚担心地问,"我担心万一被拉出去受罚可就糟了。"

"放心好了。没听说过学校有铁拳制裁的说法。高声怒骂只不过是为了发散怒气罢了。"

两位新生互相交流着彼此的"高见",胜见学兄和白天的风纪委员慢条斯理地走了进来,吓得两人赶紧从床上跳下来,笔直地站着。

委员手里拿着卷成筒状的笔记本敲打着脖颈,警官似的朝屋内环视了一周。其实是在掩饰难为情而已,新生们却看不出来。

"这儿又不是军队,用不着这么拘谨嘛。"

委员没好气地说。似乎肩膀和后背隆起的肌肉都散发着不耐烦的气息。

"我说,刚才是你在笑吧?"

诚不吭声。爱宕出乎意料地从旁接过话头:

"是我。"

"不对吧,我记得好像是他。"

"不不,他坐在我旁边,肯定是你记错了。"

诚还没弄明白是怎么回事,眼珠来回不住地打量眼前的两人。等明白过来时却已来不及解释。

这件事就这么轻描淡写地结束了。

"是嘛,以后注意一些。我倒没什么,可是有些人可不太好说话哦。"

委员说完匆匆走了。

诚不能原谅自己的怯懦,急忙追了出去。爱宕跟了出来,在走廊里拉住了诚的手臂。风纪委员看样子进了别的房间,早没了踪影。

"你这是要干吗?"

"不能让你替我背上罪名,我去跟他讲清楚。"

"行啦,你这个大笨蛋!"——比自己年长的老成的学友忽然换成随便的口气,"不都过去了嘛。"

"可是,我心里有愧。"

"再别提了。到外面走走吧。胜见学兄在宿舍里,回去也不太方便。"

两人来到北寮前,沿着笔直的弥生道在银杏林荫道上散起步来。

爱宕说朋友之间当有替死之义,算不得什么事,一边向诚让烟,诚推说不会,只好作罢。听了爱宕的话,诚觉得若是再去澄清反而辜负了友人的一片好意,心中十分感激。初次离家的人,最初邂逅的温暖往往具有难以抗拒的诱惑。月色很美。林荫道上有不少人唱着寮歌散步。诚感激的同时,出于观察的本能,看得出眼前快活开朗的友人并非如他所说的那样心口一致。被自己的义举与诚的感动深深陶醉的,正是爱宕本人。在爱宕道德的享乐之中,似乎完全没有将诚的存在放在眼里。

果不出所料。第二天的全舍学生茶话会上,诚便见识了爱宕的真面目。

铺了木地板的嘤鸣堂里聚集了全舍上千名的学生。先是舍监发表祝辞,接着由新生作自我介绍。将近四百名的新生,要是挨个发言怕是到天亮也未必结束。大家毛遂自荐。当然,敢自告奋勇上台的,俱是自恃才高的人物。

约莫过了十五六人,爱宕站了起来。顺序也恰到好处。

“府立五中毕业。爱宕八郎,南寮八号。”

五中的学兄们一起喊道:“讲讲你的抱负!”

“要说抱负嘛……还真没有!”爱宕挠着后脑勺。这样一来,又有人大声问:“没有抱负到一高来干啥?”

“我呢,特意将入学时期推迟了两年,就是在考虑关于抱负的事儿……”底下一阵哄笑。“昨天的入宿仪式上一时失策被当头一喝,忘了个一干二净。”

“再喊你一嗓子能想起来不?”

风纪委员应声道。由此爱宕便被挂上了“有人缘”的金字招牌。

目睹了这位大都会出生的城里人令人叹服的把戏,诚深邃的眼眸中流露出的愕然,仿佛乡下人第一次到银座,被往来的高级车惊得目瞪口呆。心里虽然不服气却也只好安慰自己：

"原来如此！既然他是那种人我也不必愧疚。以后交往起来倒轻省，也不失为一件好事嘛。"

初来东京的诚，第一次领教到什么叫作"友情"。

第五章

德国的哲学是不设安全阀的哲学,且刹车常常失灵。这栋雄伟的建筑竟然没有一间厕所。一旦内急,或慌慌张张冲到外面树荫下,或去邻家借用,此外别无他法。而高等中学不洁之蛮风——比方说寮雨①——其根源,即在于日本的高中教育深受德国的哲学万能浸淫之故。

在这里,喋喋不休的所谓"教养",所学的不过是德国观念论哲学的僧院式教育的风气。这种一元论式的"教养",学子们在一元式的官僚机构中有日身居高位时,记忆中多半已变成了形式模糊的东西。然而,在将"权威"推向至高境界方面,的确发挥了其非常实际的效用。

诚也不例外。入学匆匆便热衷于康德。这位二十年戴着同一顶帽子的哲学家,每天早晨五点准时起床。下午,被市民当作时钟一般在固定的时间出去散步。对养生之术颇有心得的康德,散步时从不邀请他人。因为与人同行需要交谈,而一说话冷空气便会从口中入侵肺里。这位神经质的哲学家,在讲堂上因前排学生的一粒纽扣没扣好而烦躁不安,寄宿时因为鸡鸣、居家时则因附近监狱囚犯的歌声而坐卧不宁。

诚之所以固执地效仿康德刻板的生活,是因为诚认为,探求知识必须要有合理的生活——如合理知识体系投影般的生活。在此之下,不论是否出于自愿,人们会自然而然遵循道德的规范。然而,诚对于如何适当分配认知与道德这一棘手的问题并无良策。思考的结果便是将一切归结于对道德思维方式的固化。这一固化的思维方式,显然成为其之后非道德行为的起因。这一点不仅与诚无意识地受到父亲的影响有关,同时也是他对父亲影响的拘囿做出的一种反应。诚奉行的自律生活,没过多久便使他在宿舍的共同生活中陷入了微妙的孤立。周围的同学认为他是"自命清高"。诚眼神中透着的不屑,仿佛自己忍受着苦痛便有了蔑视他人的资格。没有比这视线更令人感到焦虑不安的了。更何况,其中还夹杂着难以拂拭的欲望的影子。

到了五月,诚的肉体开始一阵阵的刺痛。原本借入学的契机决心改掉的恶习,仅仅一个月便死灰复燃。这小小的挫败,在诚看来简直如天塌地陷一般。诚不知该如何消解内心的烦闷,夜里高吼着寮歌在弥生道上来来去去地徘徊。

一天傍晚,爱宕邀诚一同出去游玩。诚欣然应允了这恰合时宜的邀请,倒让爱宕觉得有些意外。

两人乘帝都线到涩谷车站下车。听见卖号外的铃声爱宕买了两份报纸,随手递给诚一份。号外上赫然写着:"在哈拉哈河畔我军与越境苏军发生武装冲突"。这次战役日后被称为"诺门罕战役"。

---

① 旧制第一高等学校的驹场寮(位于东京大学驹场东部)因厕所设置过远,寄宿生夜间从二楼窗户往下撒尿,戏称为"寮雨"。

诚读完之后团成一团随手一扔。爱宕见状嗔怪道：

"哲学家果然是与众不同啊。"

"什么意思？"

"你看你，对外界一副毫无兴趣的样子。"

"那倒不见得。"

"还不承认！读完一团一扔的潇洒样儿想学都学不来。"

诚自己没注意到的地方，被爱宕这样一说心里挺高兴。再看爱宕，边走着道儿边拿起报纸又看了起来，差点撞着电车。诚一把推开爱宕，把友人从危险中救了出来。

"你对外界也不怎么关心嘛。"诚学着爱宕的口吻。

"好啊，算你赢了！"

爱宕夸张地用手拍了拍脑门大声叫道。

对于两个一高生来说，发生在遥远边界的事件，远不如考察戴着镶白边的学生帽在夜晚的街头结伴而游对他人所产生的心理影响重要。眼前的事，皆可作为冥想时意义重大而又令人愉悦的原材料。因此，少年的行为无可厚非。只有本质上与时代有利害关系的人才会有不安感吧。如此说来，两位少年与时代不存在利害关系么？可以这样解释，少年与时代之间被允许的只有精神上的关联。征兵制带给少年潜在的不安，只是将时代的不安转化为更为抽象的生活的不安而已。可以说，时代的不安与少年自身并无直接的关联。

初夏的夜晚，街头的喧嚣似乎也如音乐一般柔和。诚和爱宕走过一家家夜店，饶有兴致地驻足观望。闲聊中诚发现爱宕说话风趣幽默无所不知。幽默本是人的天性，在渴望知识的诚眼中，连插科打诨也成了学识渊博的表现。五月的夜晚凉爽宜人，二人随着道玄坂的人流慢悠悠向前走,不多时往右一转,爬上一道陡坡便到了———一高生通称为"塔纳"^①———百轩店一带。来这种地方,诚还是生来第一次。在K市,路过咖啡吧都生怕有瓜田李下之嫌,总是加快脚步匆匆而过。

电影院旁的小巷深处是一高生常常光顾的酒吧"梦德"。狭小的立式酒吧,店内有两三个客人便烟雾腾腾。爱宕用肩膀撞开法式门先进去。看爱宕轻车熟路的模样,怎么都不像才入学一个月的新生。爱宕解释说在复读准备重考期间因憧憬一高,常到梦德来,诚这才明白了原委。

两个女招待和颇有些年纪的老板娘无一不是浓妆艳抹,惊得诚舌头转筋,半天说不出话来。爱宕给诚点了未成年人的饮品,端来的却是库拉索酒。诚不敢正眼瞧店里的女人,两只眼睛只紧紧盯着爱宕,暗自庆幸亏得爱宕陪着自己说话。爱宕和诚虽同为文乙班,却偏偏讨厌德国。与去年秋天德苏之间的战争相比较,爱宕分析这次的武力冲突,热切主张日德之间就此割席断交。爱宕之所以对德国反感,一则是纳粹政治过于形而上学,二是德国文化将日常茶饭与形而上学大杂烩似的混为一体的缘故。

"我觉得德国是个伟大的国家。"诚反驳道,"比方说德国有康德、黑格尔、马克思,还有巴赫、莫扎特、贝多芬、歌德……"

一长串的列举惹得爱宕笑了起来。回头见胜见学兄推门进来,两人顿时局促起来。胜见向二位问清了论点,不愧是学长,立时便得出结论:

---

① 百轩店的简称。百轩店,涩谷中心街区,大正十二年(1923年)关东大地震之后建成并逐渐扩大。

"总而言之呢，德国文化的历史，就是文化现象学的回归不断被现象自身背叛的历史。比如说费希特^①，便是最好的例证。费希特著名的爱国演说，没有触犯到拿破仑的禁忌，却受到了来自德国政府的压制……"

学兄过于高深的论述，两人似懂非懂。诚单纯地想，在政治面前真理终将无法摆脱失败的命运。不知怎么，诚突然想起易曾鼓吹过的冒险故事般的感伤英雄主义。

两名女招待强忍着哈欠，老板娘则在一旁露出微笑聆听着年轻人的高谈阔论。年少的女孩也许对其中的奥妙不甚了然。少年们剑拔弩张的争论，在半老徐娘的老板娘眼里就像力量和精力的角逐。眼前的争论有如一场橄榄球赛事，老板娘则在看台上眯缝着眼微笑着观赏。

诚放在吧台的手被不由分说地捉住，诚吃惊地抬眼看，却是两个女招待抓住自己的手在小声品论：

"你看这手指，一定是弹钢琴的高手。"

"是嘛。我觉得像拉小提琴的。"

听了二人的话诚脸上一阵发烧。乐器方面，诚一窍不通。

说诚是弹钢琴高手的女招待，圆圆的脸，略略虚浮的眼睑还透着稚气，嘟起的小嘴像爱使小性子的顽皮小孩，眼睛清凉而干净。尤其让诚喜欢的是女孩虽烫了洋式卷发，耳旁的发丝却似淡墨轻描一般清纯柔顺。诚感觉手微微有些发抖，连忙抽了回来。又怕被对方误认为冷淡，往回缩的手像叼了年糕的老鼠般小心翼翼。两个女孩互

---

① Johann Gottlieb Fichte (1762—1814)，德国哲学家、爱国主义者。

相望着对方,不禁笑了出来。

"就这么讨厌我们?"

另一位凑近诚的脸问。

恰好已有醉意的爱宕转过脸和女孩聊了起来。听爱宕在女孩面前卖弄俏皮话,诚想起适才在路上爱宕对自己已说过一遍,觉得好笑,拘谨的心情也放松了许多。"什么呀!原来这家伙刚才在预习呢。"

胜见不摆学长的架子,在这儿遇到也不让两位后辈感到丝毫的拘束。对学长的人品,两人打心眼儿里佩服。诚不惯喝酒,头疼得厉害。圆脸女孩上二楼给诚取来药,服侍诚喝了下去。清凉的水滑过喉咙,有一种说不出的舒服。诚将杯子交还给女孩时,忽然有一种冲动,想在微笑的女孩清凉的齿间,用薄薄的玻璃杯轻轻碰上一碰。这也说明,诚已不再似先前自己所想的那般胆小了。

直到宿舍快关门,三人才高唱着寮歌回到宿舍。

一般来说,胆小之人不闭上眼睛绝无行动的勇气,因此,旁观者便认为胆小之人的决心和冲动类似于某种发作。这类人一旦决心付诸行动,像是自己给自己开刀动手术,所以若是批评他们给自身打麻药,似乎有些不忍。不过诚的独特之处在于麻醉自己的方式,不仅一目了然而且条理清晰。

"真不该听爱宕的话去那种鬼地方。"诚想,"原本想借此机会远离自己的妄念,这下可好,反而变本加厉了起来。怎么会这样?有生以来第一次去那种地方,本以为是一个合理的宣泄之处。看来这种暧昧的场所绝无纯洁内心的可能性。难道说邪恶的场所正适合我?(这种想法表明了诚下意识中悲观颓废的思想。)实在没办法!就假定我爱上了那个女招待吧！虽然离理想的女人还差得很远，甚至不如先前的女护士漂亮。为了避免当前的混乱，只有先给信马由缰的妄念套上辔头。只有这样。川崎城，你听着！从现在起你爱上梦德的女招待了！"

也许你会惊讶于这傲慢而奇特的初恋，似乎少有与年龄相符的羞涩与感伤。很久以前，诚便认为自己与感伤无缘。正如之前所说，在诚还未及斟酌哪一套衣服与自己相称的年龄，就思考过这个问题。

次日起，诚开始了奇妙的日课。诚依然如故地恪守着严格的戒律。另一方面，诚将课业与弓术练习之外的零碎时间做了细致周密的分配。例如哲学、文学、外语类等。每周三为文学类书籍，并且具体分为：每月第一个星期三为日本文学，第二个星期三是法国文学，第三个星期三读英国文学，第四个星期三则是德国文学。周四、周五与周六，则用来阅读与自学和外语原版教科书不冲突的译文版书籍。诚将读书作为一种教养。然而，从夏目漱石、岛崎藤村、安德烈·纪德、保尔·瓦雷里、莎士比亚、拜伦、歌德、海涅的大杂烩中究竟能够汲取怎样的营养，诚对此漠不关心。在调色板上将所有颜色混合起来只能是一片漆黑。说教养是一片漆黑，毋宁说是一张白纸。当然，话不能这么说。说诚天生缺乏对文学的理解也许更为妥当。这也正是诚之所以成为小说主人公的首要条件。

日课的奇妙在于除了上述时间之外，诚还给自己留了恋爱的时间。在自习室读完书之后约莫一个小时，诚用来冥想。虽说冥想时诚的古怪样儿让室友觉得有些瘆人，然而在奇特的整理欲驱使之下诚也顾不了许多。冥想与行动隔一日交替进行。是的，诚在恋爱。只有恋爱的人，才能做出如此疯狂的事。

在规定时间之内允许自己恣肆妄想。在妄想的世界，诚堪称是自由奔放而纵横驰骋的英雄。一天之内允许思考女招待的时间，被诚严格地规定在冥想的这段时间，以及上床入睡前的半梦半醒之间。这也是诚最引以为豪之处。假如世上存在收放自如的激情，并仅仅依靠幻想就能自足的话，充分证明了主人公还很纯洁天真。

"与世间平庸之辈的相异之处"——冥想时诚暗自窃喜："时刻保持冷静，对于我来说绝不是什么难事。年幼时曾当作缺点而耿耿于怀，简直是大错特错。不论什么时候，只要想冷静下来就能够冷静下来。这难道不是激情最大的保障么？"

他首先制订了一个行动计划，偷偷写在备忘录上，没有同任何人商量。诚的独立精神似乎值得表扬，但其实是害怕万一失败的虚荣心而已。

一、问清女孩的姓名

二、给女孩写信并递交

三、为方便回信，最初的信要写得纯洁无邪

四、第三封信为止，一定要写得纯洁，让对方安心之后邀对方散步

五、请女孩看电影

六、第四封信，暗示自己的意思……

为了制订这些细致入微而又胆大包天的计划，按冥想与行动隔日交替的作息表，完成到第六项，整整用了十二天。

为了实行第一项，首先诚必须具有独自去梦德的勇气。其实，弄

清女孩的名字并非难事。朱实——大家都这么叫她。不过，诚明白这并非女孩的本名。诚决定先从女孩的名字入手。他不愿在信上写下那个人人叫惯了的名字。当然，如果真心想知道，找学兄问也是一个办法。然而诚的自尊心却不允许他这样做。诚想让女孩亲口说出自己的名字，本质上源于诚对女性的歧视。

难以想象如此内向的少年，究竟是如何鼓起勇气独自去的酒吧。为了避免遇见学长，诚避开了人多的时间，五月的一个薄暮时分，诚动身向梦德出发了。蹬着高底木屐一路疾走的少年一步一打嗝般的脚步声，似乎也象征着此刻正处于一种发作状态，只是这发作并非源于真正的冲动，而是故作的激情。

诚进了酒吧，摘下帽子向女人们打了个招呼。虽然知道自己这么做有些傻，手却不客气地给自己帮倒忙。一时找不到适当的话题，诚只好将帽子卷成一团擦拭吧台。忽而想起自己大概是受了舍监的影响，诚连忙停住了手。

叫朱实的女招待半身塑像般顺着吧台沿滑了过来，问诚想喝点什么。

"这位年纪还太小，你给他倒酒反而使他为难。"老板娘在一旁打圆场道。

"没事儿，没人逼着我喝。"

诚不客气地答道，对自己的冷傲颇有几分得意。接着，诚盯着朱实略略虚浮的眼睑，开门见山地问道：

"朱实，请告诉我你的真名叫什么？"

"哎呀，你这是查户口呀。"女人敷衍道，最后又说"朱实"就是自己的真名，一眼便知是在撒谎。这时正好客人进来，话到此处便不了了之，诚只好作罢。

从这一点可以看出诚独特的性格对其现实生活的影响。苦心积虑制定出的方案，在未能顺利完成第一步的情况下，诚完全没有考虑到应该临机应变从第二步做起。诚的固执在考试时尤为明显。答题必从第一道答起，无论第二道题如何简单也绝不会打乱次序。诚的顽固几乎接近于迷信。诚相信一旦将秩序打乱将会全盘分崩离析。这种思维不仅局限于考试，对于生活也同样以此为标准。

冥想时，少年每每为自己的种种低级趣味陷入自我嫌恶无法自拔，却不知为忠实于自己，厚着脸皮追着酒馆女人刨根问底在女人眼中是怎样的低级趣味。

此后，诚每隔一日便去梦德。头一回先是颇具优等生风度地僵坐了半个小时。第二次点了杯苏打水，又向女孩问起同样的问题。面容白皙的诚略带孩子气的举动，渐渐被女人们看作是为掩饰下流而故作的天真。"那个人眼睛倒是挺好看，就是嘴唇太红，一副色眯眯的样子。嘴唇红的男人就像蚂蟥一样，最讨厌了。"有一天朱实在老板娘前说起诚。诚越是追问，朱实越使起性子来。别说名字，对诚的态度也比先前冷淡了许多。女孩的疏远，如果诚自负地将之判断为是对自己情有所钟尚可有救。然而，诚却像具有学者良心的细菌专家成天盯着显微镜一样，一心想着打听女孩的名字。

有一天，诚走进酒吧，瞥见朱实和一个混混模样的青年正在闲聊。朱实瞄了一眼诚，对着小混混哕声哕气地说："今天可别再来查人家户口哟。"

"查户口？"男的接过话茬。

"是呀。这里有一位据说是我三岁时失散的亲弟弟，成天打听我的真名，一心想认姐弟呢。"

"你告诉他不就得了。"

两人故意放大了嗓门。

"我的本名呀，只有他才知道！"朱实转过脸对诚说道。诚似乎明白了什么，脸色发青地站了起来，猛地挥出一拳。男的夸张地倒在了地上。这幕一厢情愿的闹剧如果没有老板娘的制止，还不知闹成多大的丑闻。

老板娘温柔地拍了拍诚的肩，示意让他赶紧离开。诚几乎哭了出来。那一拳，连诚自己都始料未及。事后回想起来，诚被自己的鲁莽惊出一身冷汗，要是被风纪委员知道后果将不堪设想。这种有违一高生本分的行为，无论从哪方面都无可辩白。然而这莽撞的一拳，却让诚稍稍体味到了爱情的滋味。从此，聪明的少年从日课中删去了恋爱时间（第一项以失败告终后，后面的几项也成了一纸空文）。这意料之外的一拳，被诚当作私家版的箴言及教养，深深地封存在了记忆的深处。

对于此次的失恋，诚还是颇有些小小的得意。诚终于还是告诉了爱宕。爱宕首先对诚的保密工作加以赞赏，之后对诚的行动和朱实的心理作了一番分析。爱宕认为朱实已习惯被别人称呼假名，诚的行为则妨害了朱实的习惯。结论当然是诚的错。据爱宕的说法，男人爱的是本质，女人爱的则是习惯。爱宕邀诚去梦德卷土重来，诚断然拒绝。自那以后诚再也没有推开过那扇法式门。诚对自己的固执从内心感到喜悦。这次人生体验就像一枚胡桃不用打破坚硬的壳，只在掌心里把玩的喜悦。诚的喜悦，与之非常相似。

第六章

那年夏天，八月二十二日平沼内阁宣布总辞职。平沼内阁在提出总辞职之时，谈到欧洲局势复杂怪异。"复杂怪异"这一简便的词还曾意味深长地流行了一段时间。总辞职的近因则是日英谈判的中止及德苏之间缔结了互不侵犯条约。

夏天，诚在飞机整日轰鸣的K市度过，每天都不得不听父亲对日英谈判发表议论。父亲一面抱怨英国的不守信，一面对照片上克莱琪大使考究的白麻西服赞叹不已。这是地方绅士对地方事务表态时，以八分赞同突出两分无关痛痒的反对意见时常用的套路。毅隐约听见家里坏了两三个琴键的老钢琴上传来叮咚的琴声。太太认为自从小儿子考上一高之后毅安下了心，人也渐渐糊涂起来。昨日对患者还殷勤过分，病人正感激涕零，今天却像变了一个人儿似的态度冷淡，让人摸不着头脑。用毅的话来说，态度不同自有不同的缘故。昨日的殷勤，是因为曾托患者给远房亲戚家的孩子介绍过一份不错的工作的感谢之意。而今天的不高兴则是不知怎么突然想起十年前的一次聚会，病人曾说自己的脸像"鳕鱼干"。

诚有时邀忙于报考海军学校的易同去海泳。水上飞机在远处海面降落时，孩子们便一齐欢叫起来。飞机着水后的数百米用余力在海面漂亮地滑行，溅起的飞沫之间出现一道疾驶的彩虹，眼尖的孩子不免又是一阵惊呼。易又改变了志向，之前憧憬空军，眼下的目标是穿上一身海军军校的军服去宿舍探访诚。一切的爱国心，背后都隐藏着一位那喀索斯①，因此，一切的爱国心似乎都需要一身漂亮的制服。

诚属于那种无论怎样晒都晒不黑的人。回宿舍后发现自己的脸比谁都白，诚对自己略显病态的脸色很是介意。听文丙班的友人说，在法国浪漫主义时代，泰奥菲尔·戈蒂耶②苍白如死人的脸在年轻人之间颇为流行，这才安了心。过了些日子，混在同学中渐渐不再引人注意。季节已到了冬天。

昭和十五年年初，正值弓道部寒日强化训练时期。一夜大雪。爱宕在寒日强化训练中似乎比谁都活跃，拉弓次数比往常多，箭也拾得勤快，只是不大工夫便不见了人影。四处寻找，却原来在工友室的地炉旁，从鹿皮的护手袋里露出婴儿般易冻伤的手指在烤火。仔细思量，爱宕在炉边烤火的时间远远比练弓的时间长。

拂晓的暗色里不知谁失了手，射出的箭掠过雪堆打得雪片纷乱飞扬。大家觉得有趣，便纷纷效仿了起来。结束了晨练，吃过早饭。第一节课休讲，诚准备将自学外语的时间挪过来。大雪已停。清晨的阳光映在雪面上，绘出一道道条纹的影子。

"南寮八号的川崎君在吗？"

诚听到有人喊。出去一看，等在门房的竟然是易。

---

① Narcissus，希腊神话中爱上自己影子的美少年。
② Théophile Gautier（1811—1872），法国十九世纪唯美主义诗人、小说家、戏剧家和文艺批评家。提倡"为艺术而艺术"。

访客不能进入宿舍,咖啡屋还未开张,表兄弟二人只好面对面坐在大厅煞风景的椅子上。厅里没有生火。易不时搓着冻僵的手指朝手心哈气。易这个时间突然来访,神情也与平素有些异样,诚主动问易缘由。易开了口:

"真窝火,军校又没考上。"

"没考上又怎样?"

诚冷冷地反问。听了易的解释,诚明白了原委。易被军校拒之门外之后成天闷闷不乐,尤其是明白了失败的原因,归根结底是由于自己的脑子不够好使。易突然想见诚一面,却没想好见面之后该说些什么。此刻的易(虽然是罕见的例子)就像一头饥肠辘辘四处觅食的野兽,对知识和精神方面有一种近似于肉欲的欲求。

"想成为军人也要脑袋好使才行呢。"易自言自语道,"没想到,真没想到! 原以为当兵只要身体好,谁知道还要用脑子。真是弄不明白! "

易的疑问看似单纯却触及到了事物的核心。诚尽力安慰着易,说易就像一只勇敢冲向战云密布时代的小船,自己却过着与时代格格不入的生活。易无言地听着。清晨的阳光洒在落满灰尘的桌面。窗外,洁白耀眼的积雪从喜马拉雅松枝头纷纷崩落。易听了诚的话,反而笨嘴拙舌地安慰起诚:

"是啊。不能再这么失望下去! 一失望就没有止境了。我们做个约定吧,一定要满怀希望地活下去! "

诚觉得约定似乎太过简单,有展开论述一番的必要。尽管诚对自己的多此一举有些羞赧。

"是啊。同时也是一个失望越多希望也越大的时代。无论怎样的狡黠或邪恶，都有可能成为希望的材料。为了制作一枚小小的希望之像，或许会被各种粗俗劣质的东西欺骗。然而，能从俗恶中产生杰作，不也是一件伟大的事吗？如果内心祈求失望则失望也会化为希望。人便是如此，只要心中怀有希望，就能暂且忘却对象的存在。"

十七岁的少年不知天高地厚地说"人便是怎样怎样"之类的话。易却兴奋地只点头。

六年之后。战争结束的九月初，刚复员的易早早去了K市的川崎家。退役之后两人还是第一次见面。诚在陆军是主计少尉①，易是海军下士。

秋后暑气尚浓的傍晚，两人在二楼伸向河面的凉台乘凉，回忆起雪过天晴的清晨和两人之间的约定。易偷眼看着诚。自从过了二十岁之后，泛青的胡茬和瘦削的鼻梁似乎加深了诚的冷漠。一双眼睛依旧清澄明亮。成年的诚白皙的面容下隐约透着难以言喻的黯淡。诚不健康的形象，是与他略微前突的下颌有关呢，还是与他圆滑得有如注了机油般善辩的巧舌有关？

诚木然地坐在那里听易没完没了的抱怨。偶尔像想起了什么，敷衍了事地晃着旗子一般，嘴角浮出微笑。渐渐诚对易的无聊不耐烦了起来，不断更换着坐姿。

"理想……挫折……绝望……啊，多么的千篇一律！然后又是绝望……理想……希望……。之后仍然是希望……非分之想……挫折……。究竟得摔多少跟头才能明白过来呢？从今往后我再也不上当了，绝不上当！"

---

① 后勤军。主管军队会计、财务、军需等。

第二天上午总算打发走易。诚换上久未上身的制服去了东京大学。出征前诚的学籍还保留在法学系。所幸的是校园在战火中并未受到多大损坏。走在郁郁葱葱的银杏林荫道上,远远望见一位胖乎乎的学生招着手向自己走来,原来是爱宕君。爱宕也在法学系。

两人感慨万分地紧握着对方的手。诚也觉得两人的握手确实是一件值得感慨的事。诚瞄了瞄友人的耳朵,耳朵似乎像某种奇异的生物,微微在动。诚揪住爱宕的耳朵大笑,爱宕也以同样的方式还击。如同野蛮人的问候方式,惹得憔悴不堪的路人也虚弱地笑了起来。

第七章

"你现在住哪儿？"爱宕问。诚说出征前租住的人家已烧毁，正不知如何是好。爱宕向诚表示这事包在他身上。爱宕又问：

"午饭吃过了？"

"还没呢。"

"去图书馆楼顶的天台如何？"

"好主意！"

两人一路感慨校园竟完全不像曾经发生过战争的样子。到了图书馆，沿着中央大阶梯走上去，再往旁顺着像灯塔内部一般的螺旋阶梯一口气登到最高处，外面便是楼顶天台。两人上到平台的最高处，打开各自的饭盒。盒饭的内容如实表明了两人当下的生活状况。诚的是白米饭、正值时令的秋刀鱼和煎蛋卷。爱宕的却是统一配给的、不知什么杂粮做成的黏土色的发糕。诚埋头默默吃了起来。诚并不是只顾自己的人。诚对细小琐事天性敏感，且内心对此非常蔑视的缘故。如今，自己早已不复是当年因内心冷漠而苦闷的少年，已经能自如地利用自己的冷漠。这种故作成熟的好强心也使诚选择了沉默。

诚在旭川担任主计少尉期间，在饮食方面也未有过不足之处。偶尔外出，在街上遇见饥饿的孩子捡起掉在地上的压缩饼干往嘴里塞，虽说吃惊，却并未由此引发作为军人应有的人道主义恻隐心。诚从这时开始，逐渐形成了以下观念。

唯物论所谓的社会不平等，是以固定不变的社会秩序为基础的财产不均衡为原则，并因此认为人的思想也同样具有固化性。虽然这一认识未必正确。出征前，诚曾在法学系的研究室里匆匆翻阅唯物论入门书时便有了如此认识。诚设想将唯物论与更早的唯心论综合在一起。举个浅近的例子。在苏联，党员、军人和忠诚的艺术家，其物质生活水准普遍高于一般群众，这样的做法，可以理解为对理想社会积极献身的一种奖励。另一方面，老弱病残及孤儿也有一定的社会保障。后者可以将其考虑为维持理想社会的消极条件。然而，人的幸福感乃至满足感却是相对的。假如党员、军人和忠诚的艺术家的献身皆发自于内心，"喜悦"则是对其最高的褒奖而非物质报酬。另一方面，那些罹患不治之症的人，如麻风病人，为了抚慰心灵的不幸，在社会基本保障之外更需要物质方面的满足，以其不幸而要求更高的物质报酬。忠诚的艺术家与麻风病人，如果有面对面的机会，麻风病人或许会在艺术家不悦的脸上揉搓几下，请他也尝尝麻风病的滋味儿吧。不考虑给予不幸者物质上的救济，又何谈"唯物论"呢？或许科学能够解决这一问题吧。然而，如果科学能改变女人的美丑——这一关乎女人幸与不幸的头等大事，到那时，丑女将会失去"变成美人啦"这一理想实现的幸福，而美女也将失去"比谁都漂亮"这一现实的幸福吧。

诚所谓综合唯物论与唯心论的观念，其出发点首先在于将物质生活与精神生活截然分开。物质方面，即经济学主导的领域，为防止主观幸福受到侵犯（客观幸福本身便存在着语言矛盾），绝对不导入幸福的概念，仅允许近代司法的根本原则——契约自由原则的存在。一旦达成合约就必须履行，未达成合约则被搁置。因此，无所谓人道的恻隐之心，既无微笑也无眼泪。关于利息论的关键问题，从探究剩余价值学说的谬误之中自然会得到解决。所谓经济学，横竖不过是一根如意棒，说一声"变"就能小得放进耳朵任由摆布。唯物论本来是由资本主义社会"金钱万能"的偏见而衍生的私生子。可以说诚的认识还是有一定的先进性。诚从初始便认为，物质对人的幸福不起任何作用。在这一前提下，自然认为利息的存在天经地义。你若讲无产阶级，我便拿出麻风病人与斜眼女人的例子。

诚异想天开的理想主义，尤其表现在精神方面。正如唯物论用经济学理论来处理幸福问题一样。一提到精神方面，马上有人会急不可耐地联想到诚是否相信神灵。诚信仰的，仅仅是按照他本人的方式所思考的理性，以及由理性创造出的作品——法律。如此一说，又有人会草率地断言这位青年属于启蒙主义。然而事实绝非如此。

出征前，诚在大学里最感兴趣的是刑法学。众所周知，刑法理论自菲利①以来新旧各派长期争论不休。简而言之，前者以社会主义倾向者居多，认为刑罚应重视教育意义，偏向废除死刑；而后者注重作为公法的刑法本质，对刑罚的概念还停留在报应论之上，具有国家主义倾向。诚的理想社会便是利用了刑法内部相互矛盾的要素而构成的。

---

① Enrico Ferri（1856—1929），意大利的刑法学者。

战后的青年,对于战时的学生们怀抱如此超越常规的梦想,确实有难以理解与想象之处。而关于诚的乌托邦的详尽解说,或可作为了解当时青年思想的一份资料。

诚认为,任何理想社会都存在犯罪。假使没有犯罪,则说明社会处在主观幸福平等观念的支配之下。换句话说,也可称之为主观不幸的平等。战争中,城市犯罪率急剧下降的原因,是因为能量被引向了战争,以及逃过枪林弹雨的幸存者对不幸的均一化心存幻想的缘故。如果A为了追求幸福或减轻不幸,杀死或伤害了B,或偷窃了B的东西,这一刻,平等幸福的常态便被打破而形成纠纷。现代法律将犯罪视为非常态,而将无犯罪的日常生活视为常态。诚的刑法则恰恰与之相反,将犯罪视为社会常态,认为唯有此才能实现日常生活的幸福平等化。诚将此命名为"数量刑法学"。在量刑方面,物质损害与精神损害皆用同一尺度计量。为此,首先将人的感情详细分化为几十种要素,对每一种要素赋予原子量一般的数量。诚认为个人对于事件的一切精神反应,都可根据这数十种综合要素做出决定。

审判采取当庭对审制。诚的观点是根据"数量刑法学",对于酌情量刑、期待可能性理论、违法性阻却原由、正当防卫、紧急避难等例外减刑进行系统化和统一化,从而实现人们通过社会和法律所理解的对于"现实"这一概念所形成的固有意识的变革!案例如下:

（法官）A因何故要B的一万元?

（A）因为贫穷和失业。

（法官）二者共属客观原因,按规定从所受刑罚中扣除五十分。偷盗的动机?

（A）B在众人面前公然调戏了我的妻子。

（法官）明白了。"感觉受辱"，扣除八十分。符合"嫉妒"第十二项扣除二十分，合计扣除一百分。关于B，对其由于被偷窃一万元而造成的精神损失进行合理测定，并根据B的经济状况与被盗金额的比例核算的结果，共计一千两百分。在此基础上减去一百五十分，剩余一千零五十分。一千零五十分，禁锢一个月。

（A）小的知罪，多谢大人！

——如此这般，审判程序得以简化。此外，根据不同情况，精神伤害如累计超过三万分，死刑也同样适用。以肉体的死来偿还精神上的杀人，以及以精神上的死亡来偿还肉体上的杀人，同样视为妥当的审判。诚认为死刑废除论简直是可笑的幼稚病。

诚之所谓的理想社会，完全排除了从道德层面对犯罪进行判定，一切仅以私法为依据。诚考虑到现阶段提倡刑法私法化这一远大目标有些为时尚早，当前的目标，首先是审判程序的合理化和简易化。为此，诚准备将"数量刑法学"的体系概略作为自己的毕业论文。

"合理性！合理性！"

"合理性"是诚的座右铭，也是诚的道德基准。

"迄今为止，刑法一直存在着诸多的谬论和不当。"诚如此作想，"犯罪的意义因事后悔改而产生再构成的偏颇，自首也被给予了酌情量刑的余地。但是犯罪难道不是一种行为么？为何不评估行为本身？那些事后的各种因素不过是风干了的标本罢了。在我的乌托邦（理想国）中，一定要将'为追求自身幸福而行动并绝不后悔'这一条作为最高的道德准则。幸福的观念，应当导入刑法学而非经济学。

一方面,物质的范畴之内,财富的不均等问题可忽略不计。如果一对一的关系上升到相对幸福问题的高度阶段,则由个人之间的财产争夺行为解决便可。犯罪行为如符合情理与正义便给予肯定。另一方面,由于否定绝对幸福观念,因同情他人贫困而发起革命这类荒唐事也绝不会发生。如果不升至犯罪,人道主义同情心将毫无价值。即使看见路边捡干粮的孩子也无动于衷,其原因即在于此。"

……

"哇,真丰盛呀!白花花的大米饭!分我一半。"

爱宕的声音惊醒了沉思中的诚。

"好啊,给你。"

诚心里一直期待着爱宕开口。听了爱宕的话急忙将饭盒里的白米饭分出一半来,放在饭盒盖子上递给爱宕。作为交换,爱宕也掰了一半发糕给诚,诚却难以下咽。

"看来粮食难的问题对你是毫无影响呀。"

"有空来我家吧,准保让你好好大吃一顿。"

重新回到和友人共享一粥一饭的秩序之中,诚感到久违了的安心。

初秋的天气格外晴朗。一阵凉风恰到好处地吹散了楼顶的暑热。两人吃完午饭,斜倚在楼顶天台的红砖围栏上放眼眺望。这一带未被烧尽的大约只剩下大学校园。远处的松坂屋、上野公园零零星星地残留了下来,却像漂浮在废墟海上的孤岛,显出不协调的丑陋,仿佛殉情而苟活的一方,剩下的唯有荒诞和嘲讽。反倒不如一览无余的废墟,或许还有一种视觉上的美感。眼前的废墟与欧洲式的废墟不同,更像旷野燃尽了篝火,一切平坦而洁净。俯瞰下去,仿佛收割后的稻田，闪闪发亮的瓦砾和废铁就像是永世长存的薄雪，泛着晶莹的光泽。长期被侵蚀和剥夺的大自然恢复了本来的面目，悠然地舒展成大字进入了久违的酣眠。

对今早报上刊登的天皇陛下访问麦克阿瑟元帅的照片，两人阐述着各自的意见。作为复员军人，对站在魁伟的美国人身旁矮小的君主的可怜相到底有何感想？讨论的结果是，两人对此都没有特别的感想。

"战争不过是一种为了开心而制造的残酷游戏而已。"爱宕感叹，"能与麦克阿瑟媲美的人，全日本恐怕都未必找得到吧。所以呀，日本要是赢了的话，照相时肯定会让陛下站在梯凳上只照上半身，或者把出羽岳①拉来当日本人的代表。"

"的确。"诚不由笑了起来。极少看到诚"不由自主"的笑。其实，诚自然而然地笑起来时还是非常好看的。"战争这种事，不会让人比之前更伟大，也不会让人变得更加渺小。在军队里虽说经历了不少事，要说长见识，不过是比以前对人有了更清楚的认识罢了。昭和十八年十月二十一号，东条在神宫竞技场的学生出征壮行大会上演说的时候还是'诸君！左手执笔右手拿枪的时代到了'，入伍才不过一周，训示就变成了'即刻投笔，奔赴战场'，真够可以的！从那以后，无论人如何丑陋我也不会再大惊小怪了。说实话，在战争中没学到什么新东西。"

"我觉得你的想法有些……怎么说好呢，有些故作姿态。"爱宕反驳道，"我还是预备军官的时候，冬天最冷的时节有四五个同伴被

---

① 出羽岳文治郎，日本的相扑力士。身高207 cm，体重203 kg。

罚跳水池,队长说'我先上,跟着我',第一个跳了下去。以身作则率先垂范,下属的责任就是自己的责任。当然了,这也是一种宣传。换作你,肯定会说这是人性之恶吧。我倒是很佩服那位单纯善良的队长呢。战争也好和平也罢,善意和恶意,任何时候都错综复杂。善与恶,没有谁输谁赢的问题。善于利用"恶"便能促使和平,反之则引发战争。不过如此。"

"那不是和我的想法一样嘛。"

"No, No。我属于相信善意的那一方。理由嘛,这样做合算。你大概不知道,自己的善意被人信任时是多么陶醉和开心呢。看来你还是太年轻,太嫩。"

"我讨厌妥协。"诚噘起了嘴。

"不是妥协,是生活。首先得生活下去呀……活下去!"

爱宕夸张地向天空伸出两臂。飘过的一片云在爱宕脸上洒下一片阴翳。

与之相反,诚露出不以为然的神色。爱宕觉察到诚的不快,连忙打岔道:"当兵前,你常提到的'数量刑法学'怎么样了?"

"接着研究啊。在主计学校时也一直考虑这个问题呢。对于真理,我始终是忠诚的。"

爱宕心想诚那套"又开始了"。久别重逢的两人想说些什么,却接着讨论了一大堆连自己也觉得无聊的问题。

这时,从螺旋阶梯那边传来一阵带着金属音的脚步声,伴着年轻女孩的说笑。两人一起回头,只见楼顶出口上来一个女孩。女孩注意到已有人捷足先登,正站在那儿探头探脑。跟在后面上来的一位,正隔着前面女孩的肩偷眼看先到的两位。

爱宕招了招手,喊道:

"别站在那儿,过来呀!"

诚吃了一惊,凑近爱宕的脸小声问:

"你认识她们?"

"算是吧。"

"叫什么名字?"(请回想诚一高时代的那段插话)

"我怎么知道?"

说话间,只见女孩拉起另一个的手走近离诚不远的围栏边。在刚复员的诚眼里,女孩深蓝色的素色裙仿佛是世间最美好的东西。不过是一件普通的裙子,并没有任何独特之处。女孩柔软的指尖摁在被风吹得鼓起来的裙裾上,似乎下面有只小而活的动物。穿着白衬衣的上身,纤细小巧却挺拔端庄,宛如细细的铁丝撑起的白石竹花,透着一种人工的美丽。女孩感觉到诚的视线,尽量不看这边,只和穿着雪裤的相貌平平的女伴说话。

见女孩不答理,爱宕一时也找不到合适的词。诚看着爱宕抓耳挠腮的样子正觉好笑,却见爱宕故意大声道:

"她呀,战争中为了逃避征用,在图书馆工作呢。是图书馆借书处的管理员。"

正和同伴对废墟发表感想的女孩听见爱宕的话,条件反射似的朝着这边说:

"不许背后偷偷说人闲话,是男子汉就堂堂正正自我介绍一下呗。"

"好啊。我叫爱宕。"

"我是川崎。"诚紧跟在后面说。

"我叫野上耀子,请多多关照。"

雪裤女孩也在身后小声说了自己的名字，爱宕和诚似乎一致认为没有再问一遍的必要。诚很喜欢女孩落落大方的样子。

风渐渐强了起来。屋顶天台的风像放牧的羊群呼啸而过。女孩吹乱的发梢在细长的脸周围火焰般地纷乱飞舞。女孩声音明快而干脆，一双灵活轻快的眼眸，虽一眼能看出世故，却也没有丝毫的晦涩阴郁。世上如果有男人凝视着这双眼睛而相信了她的谎言，我倒是很想见一见此人。

四人（说是四人，其中雪裤女孩始终沉默寡言）一直谈着天。说起有一天早晨一睁眼，发现美国大兵进驻了自己从小看惯的街区那种奇妙的感觉。与理发馆的时事闲谈一样，没有触及任何男女之间的话题。空袭中，居住在大都会的小市民们放下了平时条条框框的拘束，人与人之间的关系骤然变得亲昵起来。此时这几位还余留着战时那种过分的亲近感觉。

"野上也在等待未婚夫复员吗？"

爱宕问。耀子随即答道：

"别开玩笑，我可不会爱上任何人。"

"那你爱啥？"

"钱！"

第八章

对于初识的人似乎显得过于直白的问题,耀子却回答得恬淡而坦然。既不故作神秘也绝无自艾自怜,更没有哗众取宠的意思。也许是她声音清脆明快的缘故吧。

诚和爱宕接二连三地追问耀子"爱钱"的缘由,耀子细细说明了其中的原委。耀子生来不喜欢男人,甚至连接吻都难以接受,对此未婚夫也束手无策,最终因两人不合而取消了婚约。

耀子的父亲是九州帝国大学政治学的教授。

"啊!是野上先生?"

诚激动地叫道。诚对于"大学""教授"等概念,就像猫见了木天蓼①,有种本能的反应。平常桀骜不驯的猫一见到木天蓼,喉咙里便发出咕噜咕噜的声音,直拿身子往上蹭。

耀子家住在世田谷区豪德寺,在空袭中所幸未受太大的损失。野上博士平时与右翼政客交往甚密,生平不拘小节,生活确实算不上很宽裕。话虽如此,却还不至于贫困到让耀子行走坐卧考虑钱的地步。

耀子的回答倒是干脆明了。

"我呢，无法从精神上爱一个男人，只好尝试先爱上物质。金钱只是一种方式。之前未婚夫是个工科生，又穷又小气。简直都不知怎么说他才好。人倒是个美男子。不过，对男人的长相我可没多大兴趣。"

这句话给了诚不少勇气。诚觉得这才是"精神上的女人"。

"世上还有你这样的千金小姐。男人爱钱，是因为女人爱钱的缘故，确实是真理呀。为了这一点，也必须想法子活下去。"爱宕又夸张地向天空伸出了手臂。不知何时已是阴云密布。望着女孩被风吹乱的头发，诚漠然地想战争已经结束，头发也该留长些了。

"你这是什么法术呀？"

两个女孩互相看着对方，笑着问道。爱宕当然知道自己的举动幼稚可笑，不过是为了讨女孩的欢心罢了。一看爱宕又拿出那一套，诚觉得有些厌烦。

"一定要活下去！"

诚再次眺望着眼下的废墟。都市的电车在废墟上奋力地向前疾驶而去。诚想象着飞驰的电车里挤满了浑身是汗的人们，内心有一种歇斯底里的感动。

"一定要活下去！"

---

① 植株中含有会使猫科动物产生舔舐、翻滚、流涎等兴奋效果的生物碱。

第九章

　　不到一周时间，爱宕帮诚在荻洼找到一户与房东合住的出租屋。诚感谢之余略略露出不满的神色。爱宕忙道歉说房子不在世田谷区内，实在是对不住。诚也不好再说什么。爱宕又追问诚之后的进展，诚坦白自那日起，一步都没迈进过图书馆的大门。听了诚没出息的回答，连爱宕也觉得泄气。

　　诚知道学友在自己面前一再说耀子的坏话是为了唆使自己反驳，因此尽量注意以免掉进他的圈套。原本爱宕对耀子的指责根本就没有对准靶心。据爱宕所言，耀子俗不可耐的物质主义，不过是天真的小姑娘用玩世不恭的哲学给自己涂脂抹粉罢了。然而，爱宕的话丝毫没有减弱诚对耀子的兴趣。爱宕曾说的"千金小姐"一词，对诚有着不可抗拒的诱惑力。"东京的千金小姐"，这一华美而轻薄的概念，既是成就地方才子的机缘，也是有如馥郁的香囊般的野心实质性的内容。这些具有稀缺价值的族类、这些花蝴蝶们，从不飞出自己的交际范围。除了先天居住在领域之内的青年，很少有人能与她们共度青春年华。在大都会东京，地方势力的秩序被吸收瓦解，即使是名门望族的子嗣，到了东京也会被降格对待。地方的青年想拥有与

"东京的千金小姐"交往的资格,往往只剩下广为人知的女婿候选人这条狭窄的门路,而且还须大学毕业,在官厅或一流银行等有一席之地,在社会上混出头脸之后才能拥有资格。一旦结婚,对方便不复为千金贵体,这些少数的幸福者,不过是刹那间窥视到"千金小姐"的青春余晖罢了。她们的白日梦中,永远只有**生来**便注定成为他们男友的一群人。到头来这些可怜的小地方出生的**才华超群的丈夫**,只能扮演神圣得令人心生钦佩的绿帽子的角色。

诚从心底里瞧不起城里那些白痴青年。然而在轻蔑感的促使下所采取的对抗策略,却难以说是上乘。按照诚一贯的做法,首先开始描绘蓝图。

"先爱上那小姐,然后抛弃她。这将是何等伟大的胜利!当她爱着物质时,诚心诚意从**精神**上爱她。待她从**精神**上爱上我时,我便毅然决然抛弃她。决不可忘记这崇高的使命!在我尚未有足够信心抛弃她之前,无论多么痛苦也决不碰她一指头!"

诚想起爱宕揶揄自己的话,不禁大笑。

"目前连肚子都吃不饱,哪有多余的荷尔蒙谈恋爱呢?只有像你这样饱食终日的人,才应该干这种事哩。"

从次日起,诚开始去图书馆。恋爱的优点是,既不花钱还能促进学业。诚从图书馆借来预习复习、判例研究、各学说的比较研究、法律条文解析,及其他对学习有用的相关资料与书籍,专心一意地在阅览室阅读。只有借书的几分钟及还书的几秒,才是与耀子短暂的"幽会"时间。诚说出书名时,或时而口吃或时而说错,还书时或颤抖着双手。而耀子的态度则如同从一开始就洞悉一切的镇定的护士。将书递到诚的手上,或从诚手中接过书。如此竟过了三年。诚的成绩不知是否与此有关，得"优"的科目打破了历史纪录。大学的研究室已向他伸出了橄榄枝。父亲听说这一消息后欣喜若狂，诚却保留了答复。虽然初衷未改，但在进入石库般的研究室之前诚更想充分沐浴室外的阳光，而后再做打算。

二十世纪四十年代的后期是为了生活而生活的年代。人们对于生活怀揣着各种梦想。通货膨胀，便是货币在做着白日梦。大量的不兑现纸币，也同样沉迷于醉生梦死之中。战争使人们不再对未来抱长久希望。人们为今日买来、或许明日便会腐烂的水果一般的梦想而劳碌奔波。过了今天不知明日的虚无的纸币，与今朝有酒今朝醉的欲望正是绝佳的一对儿。纸币仿佛患了肺痨时日无多的美人流盼的明眸，对绝望这一最为静谧的情感浑然不觉的人们，正欣喜若狂地欢庆着"绝望节"。简而言之，"绝望"便是人们逢场作戏苟且安生的"梦想"。

来自赝品"生活"的鼓噪声也不断充斥着诚的耳膜。他反省自己觉得多少有些惭愧。难道不是吗？迄今为止，自己的所作所为，与为了战事制订周密计划、整备武器、修建堡垒，待万事俱备，却发现战事早已结束的无能将军并无两样。

"你这人啊，简直和披挂着一二十层的铠胄、住在一二十道堡垒的城堡里胆怯的封建君主一样。别这样处处戒备好不好！虽然有时觉得你戒备森严，可仔细一瞧却也有蠢得不可救药的一面。跟你交往永远都不会觉得乏味无趣。看看你现在这个样子，就像害怕暗杀而苟活着一样。放心吧，不会有谁暗杀你的！你现在的生活方式跟活在黑暗时代的小国国王有什么两样？"

爱宕话里的"胆怯"二字刺痛了诚。"胆怯""卑鄙""懦弱"……

这些正是诚最为忌讳的词汇。诚之所以如此，不外是尚未克服这些弱点。诚一而再、再而三地制订那些计划，说白了，都是逃避实际行动的借口罢了。

他在心里将那些计划从头至尾数了一遍，咂了一下舌。那里悬挂着无数牌子，上面书写着四个字："悬而未决"。

"耀子那女人居然开口对我说，如果我有五十万能自由使用的话就跟我结婚。三年了，连接吻都不肯。当然，这也是我克制的缘故……话虽如此，可是她既没有辞掉图书馆工作的意思也不结婚。不知道葫芦里到底卖的什么药。"

父亲从财产里分了十五万交给诚，指望前途有望的儿子能学会理财。按照父亲一贯的做法是："一言不发"地交给了儿子。这对诚来说是一个不小的压力。父亲心知肚明的沉默源于儒教的羞赧，在前途有望的孝顺儿子身上捞取道德的利润，确实是个简便易行的好方法。

自从耀子乍阴乍晴地谈起五十万元的事之后，诚将视若珍宝的十五万元从银行取了出来全部买了股票。战后正值财阀完成解体，实行股份公开，人们仿佛甩卖针织衫一样地抛售股票。一时间，连住在长屋①的大妈也不惜拿出私房钱炒起股来。依照报纸杂志的推介，诚购进了邮船、东芝、日清纺和发送电等公司的股票。没过多久便因劳工不安和资金不足的问题，损失了两万多。胆小的诚赶紧将股票脱手，总算收回了十三万。

鉴于这次失利，诚深切地认识到，如若正面与现实较劲儿，只能

_____

① 狭长的房屋，一栋长屋隔成几户合住的大杂院。

在社会坚固的岩壁上撞得头破血流。如此思考的危险性，是轻信一定有从背面绕道而行的捷径。不谙世故的青年落入社会的圈套，往往是一心想抄近路的缘故。

一九四八年，夏日暑气未尽的一天。诚在荻洼车站附近的旧书店物色有关法律的书籍，无意中拐进一条小巷。只见有家店铺招牌写着："荻洼财务协会"。从外面看，像木造的简易三等邮局。外壁的旧木材涂了蓝漆，算是聊表了装潢的意思。看到牌子，诚想起最近常在报上见的三行字小广告："受理本金五千以上月入红利两成绝对保本前教授责任监管大贯泰三荻洼财务协会荻洼站徒步两分钟"。

"月入利息两成！十万的话，一个月就能补上那两万块的亏空呢。"

诚的合理主义打着小算盘。"前教授"的头衔令诚联想到野上耀子，觉得这简直是一个吉兆。估计连荻洼财务协会对这三个字的头衔能有如此立竿见影的效果也始料未及吧。

诚**不经意**地推开门走了进去。这不经意的决心不仅平添了几分勇气还令诚颇有几分小得意。一位四方脸的中年男人慌不迭地站起来迎接。中年男人长着与一张大脸极不相称的小嘴，扯着嘴角用演讲口吻说话的模样，给人一种诚实得要溢了出来的感觉。西装背心的下面露着下等士官的皮带扣。条纹浅色衬衣的袖口虽有些污渍，头发和小胡子倒是打理得很整齐。四方形的脸像刚刚刷洗过的砧板一般水滑锃亮。四坪①大小的事务所里摆了四张桌子。除了中年男人之外并无一人。男人走到诚面前说了句欢迎光临。没等诚开口男

---

① 明治时期的度量衡法。一坪大约等于3.31平方米。

人便说道："您是来投资的吧。"随即向诚谈起协会的方针如何如何的稳妥坚实。

诚提出要见理事长，男人诚惶诚恐地"哈"了一声，预先向理事长表达了敬意之后，推开里间的磨砂玻璃门。几乎占了一面墙的书架。一位神情忧郁的小个子男人一脸凝重地坐在办公桌前。四方脸向小个子男人作了介绍，理事长站起身来阴郁地注视着诚，一面从桌子的小抽屉里取出名片，在桌面上推西洋棋子一般，将名片滑至诚的面前。诚吱唔道忘记带名片来。理事长的名片上赫然印着"荻洼财务协会理事长、N大学前教授、M报社评论委员"的头衔。小个子男人用略带悲伤的语调殷勤地请诚入座。在大学教授的角色中添加了"知识即悲伤"的要素，确实令人佩服。实际上，大贯理事长正患着痔疮。

"您是要投资吗？"

理事长用小得几乎消失的声音殷勤地问。诚听不太清楚，理事长又重复了一遍。如同一位轻易不为所动的分析家往往会做出超越常态的错误判断一样，诚像不谙世事的青年注视陌生人般清澄而饱含热意的目光，注视着眼前这位忧郁的前教授，擅自推测理事长的殷勤，是出于他对自己所从事的并非所愿的世俗营生的轻蔑。诚觉得自己也被连带着鄙视了一般，不由得局促起来。

诚解释自己刚售出了因夏季不景气而下跌的股票，手头还有十万现金，想请教一下有关两成利息的具体情况。

"股票可不行。"前教授脸上浮现出宽容的微笑。从诚怯生生的模样，已看穿眼前清瘦而带些神经质的青年是位"良家子弟"。"买股票赚不了钱，你应该用来投资。外行人不懂理财之道去买股票赌赛马，结果得不偿失。为保险起见，首先向您介绍一笔关于出口玩具的交易。为了赶上美国的圣诞节,八月份必须完工。由于资金周转的问题正在筹措短期投资。现在正是好时机。近期我会给您附上出口玩具股份有限公司的员工股份权。现货抵押,三十天结算。先付您十二万元支票。要不要看看您的担保物件?"

这一句"您的担保物件"很令诚欢喜,便说:"那就去看一下吧。""没问题。"理事长说着打开抽屉翻寻了半天。未经世故的投资者看到钥匙的数目之多,吃惊得瞪圆了眼睛。理事长穿上白麻西服上衣,戴上巴拿马帽。这位前教授一面仔细戴着他那缎带被汗水浸透而失去原形的巴拿马帽,一边辩白道:"我呢,就喜欢这顶帽子。在大学里,整整戴了二十年呐。"

理事长在前面先走了出去,像是探索似的摸索着向前的走路姿势,仿佛也表明这位协会经营者的稳重与牢靠。出了理事长办公室,不知何时,外面屋子的四张桌子已坐满了人。职员们一同起立,异口同声喊道:"请慢走!"

走在烈日炎炎的街上,插着绿纺绸旗子的冷饮店正摇着铃儿招呼客人。路过店前,前教授对身旁的诚道:

"这东西可不太卫生。"

诚跟在后面约莫走过了四五户人家,来到一个修车铺前。修车铺的大门上着锁,不像在营业,也没有挂店招牌。董事长示意诚绕到车库后面,用适才的钥匙打开后厨玻璃门的挂锁。门一开,一股新油漆的味儿扑鼻而来。

进去之后,里面是六帖①大小的房间。如山的玩具几乎堆到了天

---

① 日本的榻榻米的单位是帖。一帖相当于1.66平方米。

花板。从没有落上灰尘的样子来看，说是新玩具倒也不假。诚惊诧于眼前所见。门口的阳光照不到的暗处，无数双布玩具狗的玻璃眼珠在闪闪发光，多少让人有些悚然。玩具是如此的寂静，的确适合孩子的孤独。大人们更喜欢喧闹的东西。

　　诚忘记了此行煞风景的目的，走近堆积成山的玩具。倒不是诗兴大发，纯属觉得好玩而已。靠近天花板的横梁上，层层叠叠悬挂着圣诞节五颜六色的彩带，尖锐的金银丝戳破了彩带的包装纸，露出绿的红的黄的亮闪闪的花穗；货架上成排的玩具木驴不住地点着头；贴着玻璃胶带的玩具盒里，躺着睁大眼睛的巧克力色丘比特小人。诚拿起一只布玩具狗，在肚子上按了几下听了听叫声，蓦地想起理事长说过的话，微笑了起来。

　　"要不要看一看您的担保物件？"

　　诚满意地环顾着四周，目光停留在货架上五六个一捆绑在一起的奇特的玩具上。拿起来仔细一看，却是硕大的绿色铅笔型的东西。从中间打开，里面装着一套文具。原来是商家为吸引小孩做成的铅笔型容器。糊着绿色蜡光纸的侧面写着："TOKYO-PENCIL"。诚静静地看了一会儿，一种难言的喜悦涌上心头。

　　"怎么样？还不错吧。"前教授道。

　　"确实不错！明天我一定把十万元带过来。"

　　第二天，作为十万元的交换，诚拿到了本票及担保物件的交付票据。

　　那是诚二十五岁的夏天。暑假临近结束时诚才回到K市，在家里过了一个星期。诚不在的这段时间，易加入了共产党。为此，父亲禁止易出入川崎家。诚权当是笑话，对表兄的事并未十分放在心上。

诚没有邀易，又嫌和两个哥哥同去麻烦，便独自一人去了鸟居崎海岸。在那里遇见易的兄长，听说易去了北海道指导炭矿的纠纷。

诚回到家，一家人正在凉台上切西瓜。父亲毅吐着嘴里的西瓜子想起来什么似的匆匆问了一句："那笔钱，之后怎么样了？"

"哦，那笔钱啊。我投资到一家百货出口贸易公司了。绝对没问题！"

此事便一笔带过。然而，担保中包括了那支铅笔的事，尤其是在父亲面前，诚感到一种难以言说的复仇的喜悦，似乎从父亲手里夺回了什么。

暑假结束，诚回到荻洼公寓之后去了荻洼财务协会。事务所的大门已被钉子钉死，招牌也拆了下来。隔着窗户望去，略略泛黄的秋日的阳光洒落在蒙着灰尘的地板上。空荡荡的屋里，连一把椅子都没有。诚又去了修车铺。后门没有上锁，屋里也是空空如也，看不见半个玩具。诚蹲了下来，看见地板上散落的金银线的碎屑，混杂在灰尘和稻草屑中闪闪发亮。诚久久地伫立着。

"啊——"诚突然放开嗓子大喊。四壁回荡着"啊——"的声音。诚将手插在衣服口袋里，踱着步子慢慢走出修车铺。脸色因愤怒而变得煞白。

"损失十万元倒不足惜。不过，没想到受骗的竟然会是自己！"

……如果有人听到这种话，定会因为诚这种不认输的说法感到不快。到底有没有办法挽回这十万元的损失呢？

第十章

诚去找爱宕商量。听完诚的话，爱宕一副幸灾乐祸的样子。

"你告他们诈骗也没用。"爱宕说道，"这样一来，只能在纷乱复杂的骗局中越陷越深。首先，钱是绝对回不来了。好在才损失了十万，你就死了心吧。现如今，也许银根有些吃紧，可是民间还是乌泱乌泱的有不少游资。你不过是其中的一条被钓了上来做成生鱼片而已。别老想着自己的损失，下回你来钓鱼，把那十万钓回来不就得了。"

"那你说该怎么办呢？现在这样我怎么有脸回老家。"

"所以说，咱们要更为巧妙地模仿那些家伙的手段。三行小广告就钓到了你这样的冤大头。可想而知，跟你一样的笨鸭子肯定还有不少。只消在报上登个广告，就可以等鸭子背着青葱跳进锅里了！"

说着，爱宕环视了一下屋子。自从战争中遭灾以后，母子俩一直租住着亲戚家这间四帖半的小房子。就算鸭子上了门也难免心生狐疑吧。

不得不为生计奔波的爱宕，看诚平日里的一举一动无不透着逍遥自在，而此刻在自己面前露出消沉沮丧的样子，不由得心有不忍。爱宕的同情心并没有恶意，即使偶然促成了某种结局，能作为谴责他的理由吗？世上有一种幸福的人，无论其动机如何质朴，结果总能为自己带来利益。这类人没有必要为自己的善意而心怀畏葸。

两位涉世不深的青年互相争着谁更有见识。相比而言，从自身的经验持悲观态度的诚略胜一筹。然而，诚内心期望的却是友人能将自己悲观的论点逐一推翻。这一点，生性乐观而头脑灵活的爱宕恰好是最合适的人选。

"不如咱们自己行动起来。要是干得好可就大发了。从最低限度的本钱开始，就算失败了也不会有什么大的损失。你现在手头还剩多少钱？"

"三万。"诚老老实实地回答。

"我只有三百块。"爱宕付之一笑，说道，"作为补偿，直到从你那儿领到薪水为止，我白干活儿。"

爱宕有个远房叔父经营着一家和"荻洼财务协会"相差无几的公司。对叔父的赚钱方式，爱宕一直很感兴趣。诚的事启发了爱宕。爱宕的意思是，如果将"亮钱"①按日息两元借出去的话，绝对有赚头。诚一听转忧为喜。

"租赁事务所加上在报纸上登广告，三万块不知够不够？"

"租房的事交给我叔父好了。还有，要是万一忙起来没时间记账，还需要一位管财务的人。最好是与你有关系的女人，年纪尽量大些，这样比较靠得住。"

爱宕将他从叔父那里听来的现炒现卖。也许是与他年龄相应的自尊心作祟，诚觉得爱宕的话音里像是说自己"可惜你没有那样的

_____

① 从第三方借来用于公司注册登记或运转的钱。

女人"。话进了诚的耳朵又进一步被夸大成"如果没那样的女人,将会危及自己的事业和前途"。

诚从爱宕家告辞回到住处,孀居的房东太太上楼来送茶。诚打量着眼前的女人,蓦地想到自己和这女人之间至今未有过任何瓜葛,突然感到一丝莫名的屈辱。

也许会有人奇怪,难道二十五岁的诚竟如此清心寡欲吗?其实遵循"合理主义"的处方,他也曾常去妓院。每每这个时候诚都强压着自我嫌恶,带着合理的满足感走在归家的路上。夜晚的星空、夜空的云、街边的树,为了让这一切看上去具有美感,诚甚至摇身变成了实用型的临时雇佣的诗人。诚还为此在日记上写了短歌、俳句和即兴诗。真正的诗人,也许会因对方强迫不得不作出美丑的判断而感到痛苦,却绝不会为了让丑恶的东西看上去美好而说服自己,他们并不是以此从内心觉出美的便利的机器。妓院并没有使诚的人生变得更为丰富或者贫乏。从根子上他对妓女是鄙视的。当然,对于他这样怯懦的青年,鄙视是不可或缺的武器。

诚仔细端详着眼前三十五岁的寡妇。

田山逸子是三个孩子的母亲,与相貌平平、年近三十还未出嫁的妹妹从早到晚靠踩缝纫机过日子。姊妹俩承包了百货店小儿用的围兜业务。在半圆的围兜上镶褶子的布花边,是老姑娘的妹妹手巧。在外推销和与批发商打交道,逸子却很有一套。在真心这点上,没有人能比得上这微胖的鸽子般的女人。逸子诚心诚意,老实厚道,浑身一股质朴的韧劲儿。这样的性格反而使逸子没了男人运。据说有一回,逸子对四十来岁的批发商说:"我呀,看见秃头的人,总是反复叮嘱自己绝对不能笑话人家。谁还不秃顶呢。我也一样。您看看,被头

74

发遮起来的地方，对对，就在头缝那儿。看着了吧，不大的一片。梳髻子的女人呀，二十岁就开始脱发的并不稀罕呢。"

逸子向对方如此表达爱意，让人诚惶诚恐。与一般女人更为不同的是，逸子虽然只有三十五岁，却让自己相信已过了四十，以求安心立命地过日子。万一有什么事，一想自己才三十五，反倒像捡了大便宜似的高兴。

"怎么了？不要老盯着人看嘛。不像川崎先生平时的样子。"——逸子说着垂下了眼帘，将茶托轻轻放在榻榻米上。将端茶的圆盘抱在怀里，柔软的下巴顶在托盘的边缘环视了一下屋子。

"屋子总收拾得这么干净。"

诚一面仔细翻看德日词典一面说道：

"孩子们都睡下了吧。"

"嗯。"

诚的预谋使他的羞耻心进入了休眠，并鼓起了勇气。现实在冷静地要求自己，至关紧要的事是，为了钱，必须征服眼前的女人。而眼前的逸子正是最合适不过的人选。

有了这堂而皇之的理由，诚这才自由自在地海阔天空起来。想象眼前稍显发福的女人穿一身别扭的西服，端坐在会计科长宽大的安乐椅里。想象自己的所为竟有如此戏谑性的魔力，不禁喜上心头。

诚穿着白底蓝纹的浴衣，仰面一骨碌躺了下来。头刚巧碰到逸子的膝盖。逸子直往后躲：

"你到底怎么回事呀？肚子不舒服？"

诚觉得再死盯着看下去有些不妙。索性闭上眼睛，伸手捉住女人的和服下摆，装作误以为是袖子拉了一把。诚绝非膂力强的男人，女人的身体却似乎有加速度似的,在榻榻米上如雪橇般地滑了过来。

女人先是奋力反抗,渐渐地用默不作声暗示了应允,事后也并不絮絮叨叨地烦人。

除了妓女之外,诚对女人并没有多少经验。这件事在教育意义上,除了给他留下任何时候都能如此顺利得手的误解之外,丝毫没有征服女人之后的快感。也算是两厢抵消了。

两三天后,去察看事务所时,诚特意带上了逸子。见到爱宕说道:

"我来介绍一下。这位是田山逸子小姐,今后由她来担任我们的会计。"

"会计是不是很难呢?不知道我行不行?"

"没什么难的,只要管好账簿就行。"

爱宕吃惊地回答。

第十一章

　　事务所设在中野区本町路、锅横市场一角临时搭建的两层楼里。爱宕的叔父曾是满洲浪人，与这一带的头目在满洲就有交往。由于叔父的面子，月租两千外带家具还免去了租赁所需的礼金，可说是开门大吉。诚冥思苦想了一夜，将公司命名为"太阳商社"，还设计了象征旭日之光的社徽，赢得了两位职员的一致好评。公司开张的日子是一九四八年十月十六日。

　　诚拿出了一万五千元的资金，尽数投给了二流报纸的两行广告。广告的文案如下：

游资月利一成五稳健第一

中野区本町路四三八太阳商社

　　虽说如此，诚自己对公司的前途也并没有太大的期望。如同儿戏似的生意究竟能不能做下去？广告登出去的次日，没有一位客人。勉强说的话，人倒是来了一个。只不过是当地的混混儿来收"秋祭"的募捐，被索要了五百元。第三天直到下午也没有见着一个客人。

秋日的阳光照进空落落的事务所，三人坐在屋里，该说的话已经说尽，谁也不搭理谁，默默地翻看报纸。

谁心里也没个准儿，便向社会这一无形之物垂下了钓竿。

浮子会动吗？

依然没有动静……诚不安起来。头一次感受到鲜活的"社会"的存在。这一无形的存在，像阴郁而沉默的黑暗巨兽盘踞在墙的另一边，鼓动着脉搏、吞食着水和食物、发情、酣睡。与此相比，人却是如此微小无力。大多数成为劳作者，或被奴役或成了谄媚的商人。现代所发明的各色各样的幻象中，"社会"是最具人类属性的。人的原型，只能从社会而非个人中去寻找。原始人的欲望，生存、运动、恋爱、睡眠，这一切，在现代社会中均已被"社会"取代。人们争先恐后地翻阅报纸上的社会新闻，只是为了探明这位"原始人"每天清晨的生态和动静。说是用人的欲望倒更为贴切。那些想飞黄腾达的野心，不过是试图使自己变得更像主子的野心而已。

在这煞风景的空房间里，三人竖起耳朵聆听，捕捉着哪怕最细微的声音。虽然觉得可能性不大，却仍痴痴地等待，宛如将身心囚在临时搭建的牢房里。没多久，诚起身在事务所里焦躁地走来走去。将水壶从电热炉上拿下来，凝视着发红的电热圈。逸子过来倒茶，轻拍了拍诚的背，低声道：

"不要紧的，你别着急。"

诚没有作声，回到桌边又拿起报纸，却看不进一个字。诚将报纸四折，继而八折，十六折，最后三十二折，执拗地将报纸折叠得不能再叠下去。

"这种时候，最好的办法就是倒立。"爱宕建议，"倒立最有效了。"

"我可不会倒立。"

"哪有不会的？靠着墙就很简单啊。"

爱宕没有多想在墙脚倒立了起来。沾在鞋底的泥沙掉在了脸上，又赶紧起来找逸子要手绢，帮自己擦掉进眼里的沙子。诚禁不住爱宕的纠缠，弄净鞋底的泥，也倒立了起来。听得逸子慌忙制止：

"糟了糟了！好像有客人来了。"

"什么糟了。公司有客人来难道不是正常事嘛！"

诚和爱宕不信真的来了客人，接着练倒立，听见磨砂玻璃门的响动这才张皇失措地站了起来。窗外有人问："有人吗？"所幸客人看不见室内。逸子答应着打开了小窗。

瞬时诚发挥了演员的本能，和爱宕在预先布置好的位子上各就各位后，装出若无其事的样子。狭小的事务所内只有一张办公桌、茶几和五张椅子。最里手隔着胶合板的是榻榻米的小房间和一个洗手池，恰好装作放置着保险柜。办公桌上排列着诚和爱宕的经济及法律的书籍。诚坐在桌前，爱宕坐在旁边。

客人进来之后，逸子先引见给爱宕。从来人的举止一眼便知是刚领了退休金，像是在政府机关的某个角落放置了几十年、被煤烟熏得又脏又旧的废纸篓子。不管怎样，浮子终于动了。

"我看了报上的广告。"客人说道。每句话都伴着莞尔一笑，如猫狗善后的习性，给自己说过的每句话都盖上微笑的沙砾，仔细地处理。这也证明他是个受过苦的老江湖。

"到这儿来是准备商量投资的事项。想先问问情况再作考虑。"

从客人磨得油光发亮的条纹裤来看，不像拿得出一万元以上的客人。爱宕问道：

"您准备投资多少？"

"听完说明再谈钱的事儿才顺理成章吧。对不对？"

客人这一招似乎想让对方知道自己并不好对付。一旁的诚瞥见客人掏出便宜货的黄铜烟管，也心灰意懒了起来。

爱宕向客人介绍诚是该公司的董事长。爱宕从诚的学历，以及是千叶县屈指可数的大财主家的公子的家世，详细给客人讲了一遍。爱宕说话时，诚像听冗长的开场白的杂耍师，两手交叉放在胸前，一动不动地站在那里，心里在琢磨客人脸上不阴不阳的浅笑究竟是何意。诚突然觉得有伤自尊，打了个手势，示意爱宕不要再说下去。

诚俯视着眼前几乎比自己矮五寸的客人丑陋的额头。诚平素最鄙视这类俗人。此刻，这类人的活标本就在自己眼前，露出盘算着赚几个小钱的猥琐嘴脸，心里越发生出难以抑制的轻蔑。其实，这种轻蔑与妓女对嫖客的态度不无相似之处。娼妇首先有必要怀疑自己是否性冷感。饱浸辛劳的肮脏的额头、教化得在任何时候都必须含笑的眼睛、磨秃了的扫帚似的寒酸的鼻子、咬字过于清晰而不住嚅动的嘴。过度的轻蔑与恐惧之情非常相似。因为诚真正恐惧的，是从这五十多岁的老男人身上看到自己的影子。

"我与这些家伙完全不同，"诚内心自言自语道，"我工作的目的不是为了生活。爱宕也许是，可我不同。我的使命是为了更接近真理。一旦数量刑法学的体系完成，不久之后，将会为我带来东大的学位及教授的头衔。现在的我，只是在实践我的理论体系而已。"

这一刻的诚似乎忘记了自己"要活下去"的决意，变得神情冷漠起来。生性敏感的人为了维护自尊，往往态度会变得僵硬而不自然。当然，主要原因还在于这位演员尚不熟悉在舞台上表演。对方还未及开口，诚生怕对方将自己当成江湖骗子，抢先用怎么听都像大学讲堂上的语调，尖着嗓门道：

"我不要求您相信我，不要求您完全信任我这个人（这句话几近尖叫）。但是，请您相信数字，请相信数学。这才是现代人应该信仰的东西。（客人似乎并未理解诚的意思，只是瞪圆了眼，从后槽牙缝里发出'呲'的一声。）自通货膨胀以来，如今的社会比物，资更重要的是金钱。信用交易已经绝迹，取而代之的是现金。信用交易的场合，捎客即使手头没有一分钱，只要善于斡旋还是有利可图。如今一切都是现金交易，所以无论如何需要一笔'亮钱'。捎客从A处进货卖给B，进货需要现金。这笔钱即所谓的'亮钱'。货卖给B之后，自然会赚回差额利润。速借速还，就算利息高些也在所不惜。现在，银行制定了各种限制性的规定，个人很难从银行贷到款，并且自金融紧缩以来，银行只限与熟悉的客户往来。东京都内每天的无数交易到底靠谁？我们。靠的是我们这种商社！日息一元，十天一成，以复利计算的话一个月就是三成四分的利。商社一成九，顾客月分红一成五。三成四分减去一成九分等于一成五。请相信数学！"说到这儿，诚蓦地注意到冷冷清清的事务所，思忖着如何掩饰，又补了两句："本公司一向以诚实为本，实实在在为顾客着想。公司的信条是与其将钱花在事务所上，不如用在顾客身上。二楼上还有四五个年轻人，现在都外出了。"

"嚯！"

"不是去看戏看电影，是带着钱看住捎客以防卷款潜逃。所幸的是，至今为止还从未发生过此类情况。"

"听了说明，我觉得你的话很有道理。我也就放心了。非常感谢！这件事就拜托你啦。"

客人打开公文包拿出一万元的一沓钞票。诚和爱宕目不转睛地盯着客人，心想至多也不过如此。却见客人又取出了一沓，接着又是一沓。眼见三万元摆在了桌上，两人为掩饰脸上的喜色颇费了一番周折。

将一个月之后用来兑换的三万三千元的支票递给客人之后，客人恭恭敬敬地捧在手心，对着桌上的三万元的钞票捆儿飞了个与年龄不相称的依依惜别的媚眼儿，差点就掏出汗巾儿洒泪挥别了。诚正惊讶，却听得客人叮嘱道："这三万，就像我的宝贝儿子一样。老话说'疼爱孩子就该让他出门经风雨'。你可千万要照顾好，别让他磕着碰着了。"听了这番话，诚更是目瞪口呆。

客人离开之后，诚竭力装作平静，脸上却透出掩饰不住的喜色。爱宕和逸子也笑逐颜开，不住口地称赞诚的口才。究竟是理性的胜利还是策略的胜利？诚相信是前者，爱宕却认为是老天保佑的结果。现实主义的爱宕偏偏笃信天佑，不能不说是一种幸福。此时，轮到爱宕在屋里走来走去地思考。

"趁还没忘，川崎，你先在纸上记下来。"

"记什么？"

"咱们需要几个托儿。客人来的时候，屋里没有两三个先客，恐怕事情不太好办。得去找几个志愿者。"

"上哪儿去找志愿者？"

"问题就在这儿。"

诚想了半天说：

"对了！到大学去找演剧研究会的那些学生。让那些业余演员们也学学关于人生的演技。"

"好主意！"

诚的观点如下：今天能成功获取资金已证明了演技之必要。说是演技又不尽然。因为自通货膨胀以来，所有价值均被冠以了各种名目。只要手头有些小钱，人人都能当董事长或总经理。女人穿件裘皮大衣就成了上流的贵妇人。社会披着虚假的表象，人们反而轻易被蒙骗，从而维持着臆想的秩序。因此以演技作欺瞒，是对当今社会的礼尚往来，绝非诚所厌恶的马基雅维利主义。社会对于合理性的认知，首先是以"看上去合理"为前提。指引人们走向合理主义，将迷途的羊群赶进围栏里，必须具备狼的演技。为了使人相信，首先要令人变得轻信——退一步说，即使为了他们形成怀疑的习惯——也是至关重要的一件事。

"你什么时候成了社会改良家了？"爱宕调侃道。诚只好中途停止了演说，接着适才的念头，独自陷入了空想。

"看起来像那么回事儿。如果这其中有价值的话，或许是人们出于怠惰，将其暂且拉回现象界来思考的健全手段吧。因此，用反讽的手段、意识化的形式表现自身的怠慢，起用演员这件事确实是个妙计。如此做的结果，最终将认知赚钱这件事不过是某种怠慢的衍生物，是勤勉探求真理的一条途径。"

是否是谬论暂且不论。总而言之，第二天诚就去了大学找演剧研究会的友人，帮忙寻找两位尽量老成些的男人和一位美女。友人觉得有趣，满口答应了下来，还约好自己也算作一分子。午后，又来了一位客人放下两万走了。

到了第三天，诚听完上午的课和爱宕一起去事务所上班。没过

多久请的演员们到了。逸子隔着窗户向外看了一眼,折回来小声道:

"来了一位浓妆艳抹的女人!"

诚出去一看,演剧研究会的友人装扮成过时暴发户的模样,一只手搭在西裤吊带上,举起另一只手"哟"地打了声招呼。另一位稀奇古怪的家伙在文学系已读了十几年,怎么看都不像有钱人的样子。当然,也有最初的客人那样的实例。穿一身走形的剑领双排扣西服,西服的领子皱皱巴巴,手里拎着至少能装五十万的大提包。

花枝招展的女人,先进了门又折了回去,跟着前面两人走了进来。留着长发,染着红指甲,穿一身右半边蓝左半边灰的设计大胆的洋装。不敢相信,竟然是野上耀子。

"前些日子我也加入了演剧会呢。"

耀子向好久未见的诚打了个招呼。耀子的问候并没有引起太大的注意。可能她已告诉大家诚倾倒在她石榴裙下的事了吧。一旁朋友提醒她少开口,怕失去了威慑力,耀子便不再多说。大家还没坐稳,进来一位六十五六岁的老先生,惊愕地看着这些衣着华丽的先客,留下了五万元。客人一走,大家用爱宕带来的酒干杯庆贺。

第十二章

很早以前，诚非常憧憬浮士德。生性缺乏文学细胞的诚对于浮士德的解释简单明了：经历过一切世间之事，极尽人之所能的热情化身。这一枯燥乏味的解释，是关于浮士德理论上的理解，而理论的特征，则需要以时间为供品。

不需花费时间，是理论的优点也是缺点。花一两个小时对历史诸问题进行辩论与分析，随手就能得出一个荒诞无稽却道貌岸然的解决方式。理论的仇敌是时间。为了葬送仇敌，理论常向着未来。而未来的切实性却依赖于时间的切实性。这一点正是理论所难以容忍的。因此便做出理论也同样适用于未来的结论。

诚从浮士德中剔除了时间概念，对浮士德所追究的世界仅停留在空间概念之上。诚的理论即诚所谓的合理主义表现在对时间的恐惧，与其说是恐惧，毋宁说是想俘获时间。诚因此而焦虑不堪。

从一高时代起——更准确地说，也许早在他幼年时期就已萌芽——养成的习性与金融业的邂逅，几乎可以说是诚的命运。利息是被时间期限俘获的产物，诚的生活同样是时间的俘虏。

诚的日记，由于执拗的反省癖，时间被精心细致地分化。与其说是日记不如叫作"时记"。也许因此，诚将自己的日记称作"时钟日记"。

关于睡眠时间，诚并不记作六个半小时，而是以分为单位的三百九十分钟。他将一天详细分类并标注不同的符号。文艺是〇，企业是△，"女性关系"（诚的用语）为□。以上各项更细致地分为五种。文艺，不言而喻是加号。企业和女性关系有加号也有减号。这里的"加减"并不意味着损益，而是依据实践道德目标的完成度来决定。诚的目标是所有项目都能成为加号。反省癖一旦面向未来，会呈现出一种奇怪的道德混乱。在逸子的问题中已看出端倪：在探求真理或其准备过程中，奸污女人，并非不道德的事。然而这种判断大多是反省臆造的无理狡辩之词；而事后的狡辩往往成为下一个行动的事先辩白。本人却没有意识到这一切有悖于"数量刑法学"的宗旨。反省癖的弊端是令反省者贫瘠困乏，养成将曾经的恶行与将来也许会犯的错误混为一体的理论性的恶习。人在不知不觉间，或在清醒认知的情况下，也许会犯各种错误。然而在经验之中，完全同一的恶性并不存在。

不久，"太阳商社"的盛况已不再借助托儿。演剧研究会的演员们摇身一变成了公司职员。一个月后来取利息的那位老人，看到办公桌前坐的几位一脸不解的神色。约定的利息一分不少到手之后，老人又将契约延长了半年。诚接二连三动用本金，准确无误地支付红利、在一流报纸上刊登广告、电话、自行车、人员开支（演员诸君也开始要求发薪水）、接待室的整套家具、沙发……这些费用原本应当从贷款利息和借款利息的差额中支出。然而，相对于实质性的信用，诚更相信掩人耳目的手段——宣传的重要性。相信真理，而对真理之外的一切持怀疑态度。诚的这一信念，现在反过来用在了他人身上。换句话说，一切是那些利息按期到手便以为高枕无忧的人们自身的错误。不起疑心的人理当满足于伪装的信用。宣传的效果往往比内容实质更容易为人所信。现代社会，正如纸币已不可兑换，纯金、天然珍珠、名画真迹、牢固结实的家具、良心、手工纯棉织品、缝制的鞋子……反而会被人投以怀疑的目光。

耀子似乎有意无意地避开诚，工作一结束便和两位同伴匆匆离开事务所，不给诚邀请她出去的机会。诚最初怀疑她是否与两位同伴有什么关系，情况却似乎并非如此。

一天，工作中的诚写了一张小纸条：

"今晚六点半日比谷电影院门前见面。答复请写在纸片背面，并夹在文件中返还。"

写好之后递给了耀子。耀子读完，面无表情地用铅笔重重写了"YES"当即交还给诚。过程简单得让诚疑心耀子在捉弄自己。直到下班，诚的目光一直都在回避耀子。

季节已近十一月末，街边的树梢笼罩在冬日的暮色中。熙攘的人群在穿梭，空气里飘散着刚从衣橱取出的大衣外套淡淡的樟脑味。女人们的银狐或仿银狐的皮领子上也散发着同样的气味。行人的脸上，有一种最终认同并接受了这季节的安静祥和。这种表情仅限于十一月，带有几分哲学家的韵味，如同身边温暖的火炉，人们感觉到抽象思维变得如此与自己接近。在厚重的外套下，肉体像脱离日常生活而毫无责任感的干燥的软木塞一般，灵巧而轻盈。

诚从有乐町步行到日比谷，正如软木塞一般脚步轻盈。从一高到大学，银座、有乐町一带总有一种不属于自己的陌生感。在街上走路能有什么讲究？诚却夸张地认为，如果不够潇洒脱俗，稍不注意连走路姿势也会被看出是乡下人。这种不幸的心理，原是战前落后区域留下来的产物。事实上，都市早已堕落到对地方没有威慑力的地步。然而地方却根深蒂固地保留着对都市的幻想。考究的窗饰、精致的咖啡屋、电影院、舞厅……或许你难以置信，诚在东京生活了六年，至今对这一切仍怀有原始的、莫名的恐惧。

在都市的幻影之中，意外的是诚却是一位庸俗的诗人。此刻的诚穿着新定制的西服和外套，身为"太阳商社"的董事长，自由操纵着四百万的集资及两百万的贷款。同时作为东京大学的学生，毕业成绩将毫无疑问地位列于"银手表组"①。多么风光！擦肩而过的学生和年轻人简直就是白痴。对容貌不太自信的诚，一想到这些学生们口袋的寒酸、学识的短浅，自卑心顿时一扫而光。没有谁能比自己更有资格昂首阔步地行走在银座的街上。上述的条件不具备的话，诚大概难以克服他的恐惧吧。较之于所冒的危险和付出的努力，这是多么微不足道的酬劳啊！

沉浸在完美的陶醉中，诚依然念念不忘复习对耀子的作战计划。

"在她追求物质时我要诚心诚意在'精神上'爱她，而一旦待她在'精神上'爱上我，到那时候，我要征服她并毅然抛弃她。在我尚未有信心抛弃她之前，无论多么痛苦也绝不碰她一指头！"

诚将这机械式的观念保持三年而不变，不能不说是一种天分。然而与其说是偏执，毋宁说是诚喜欢禁欲式的将自己紧紧束缚的观念更为恰当。即使二者并无不同，然而比起不得已而为之，诚更喜欢

---

① 成绩优异且人格出众的东京大学毕业生，可在毕业典礼上获得天皇（或其代理）颁发的银质手表，象征至高荣誉。

依照自己的意志行事。诚一直深爱着耀子。

远远看见耀子手中提着装乐谱的红皮包,在电影院门口等自己。诚不敢相信自己的眼睛。六点半,向来恪守时间的诚一分不差,准时到达。也就是说,耀子竟然比自己先到了。那个冷淡的女人居然能在约定时间之前就到,是太疏忽大意了吧。抑或有什么预谋?

对耀子来说,比约定的时间早到或晚到,不过是交通的不可预见性与自己的随意而已。这位恬淡而诚实的大小姐还未学会一次撒一个以上的谎。当她撒谎时,只能专注于一个谎言。

"川崎君真是个怪人,"耀子心想,"他爱我的事我早已习以为常,要是他不改变态度说出讨厌我之类的话,还真不够刺激呢。"

诚飞速跑了过来,恭恭敬敬行了一礼。适才神气十足地昂首阔步之后,这一礼像最后的一笔漂亮的花押,倒让耀子不好意思起来。

"非常抱歉!我来晚了。"

"别这样。董事长低头道歉可让人承受不起!"

"别讽刺了,咱们进去吧。"

诚拥着耀子的背走进电影院,前一场影片大约还有二十分钟才能结束。两人坐在二楼走廊的椅子上等待。耀子见诚想说什么,将手指放在膝盖上的乐谱包沿上,当作琴键盘不经意地弹着,边问:"有什么话,说呀。"

"就是……"诚支支吾吾,用稍带抒情的语调说道,"我一直想问你,因为工作太忙一直没问。你从演剧研究会到太阳商社来究竟为什么?是你主动要来的么?"

耀子不假思索地回答了诚的问题。她的直白丝毫没有令人反感的地方,诚甚至觉得她的话透着说不出的优雅从容。

"没别的意思啊，觉得好玩儿就来了。你不是我的朋友嘛，是想帮你的忙啊。"

"你跟别人怎么介绍我们之间的关系呢？"

"介于陌生人与朋友正中间。"

"真服了你！我再问你一件事。自从你进了太阳商社，为什么对我特别冷淡？"诚是在试探耀子，担心和逸子之间的事，耀子觉察到什么。

"哎呀，我对谁都一样冷淡。对你也并没有特别啊。"

诚听到耀子单纯的否定反而很吃惊。生平最恨与别人相提并论的诚有意想引起耀子的不安，也不管是否会对自己不利，接着又问：

"你觉得田山逸子怎么样？"

"没什么特别的，人挺好的。"

耀子毫不怀疑的态度让诚有点怏怏不乐。

两人聊起电影和小说。耀子的博学很让诚吃惊。耀子似乎将世界上的小说全都囫囵吞枣地读了一遍。所幸只记住了书名，这才幸免中了小说之毒。幸亏有这些读者，小说才作为经典而借以留传下来。对自己炫耀学问浑然不觉的诚，在这些泰西①诸多名不见经传的作家旁边，罗列了无数哲学家、法律学家及经济学家。正在上演美国音乐剧的电影院走廊，似乎顿时弥漫着图书馆森严的气氛。门突然打开。观众蜂拥而出，读书目录般的对话才告以结束。

电影开演之后，诚的目光不时投向坐在身旁的耀子。耀子的眼

---

① 泰西，旧指西洋。

眸在银幕的反射下蒙上一层深紫色的变幻莫测的光泽。随着电影中肖邦的钢琴曲,纤小美丽的手不时在红色的乐谱包上弹奏着。诚想象自己在每一根手指的小酒窝上亲吻的情形,意识到自己是给身旁的少女发薪水的身份,幸福得几乎发狂。

电影是彩色的。剧中如运动选手般体格强健的肖邦,在白色的钢琴键盘上吐出乌梅醋色的血,不过是一场令人乏味的闹剧。然而诚不但满意,而且被深深感动了。看完电影,顺路去了咖啡店。为了不让女人小瞧自己,诚对影片作了一番酷评。这是诚在都市学会的陋习之一。

"你说的五十万的事儿,还记得吧?"

诚等耀子将小嘴儿张得又圆又大吃完了奶油蛋糕时说。耀子用手绢裹在手指上,像变戏法似的将沾在唇边的奶油擦干净,以惯常的不假思索的态度笑着答道:

"你问我的想法?还是那样呀,还是想要钱。你要是赚足了五十万就结婚。毕竟,你现在还是借款更多吧。"

"好吧,你等着瞧。过不了两三个月就能跟你结婚了。可是,你要钱做什么呢?"

"什么也不做。"

"要存起来?"

"要问究竟怎么花,你给我一千元,现在我就试给你看。"

"就一千?"

诚数了十张百元的纸币不解地递给了耀子。两人出了咖啡店,沿高架桥下的护城河畔向新桥方向走去。诚喜欢这条阴暗的道路,令诚忆起家乡的河畔。河面非常昏暗,唯有高架桥一侧的灯影斑斑驳驳地落在河面上。偶尔,省线①的通勤电车打破周围的夜色呼啸而过。夜风吹拂之下护城河的表情略微起了变化,车窗明亮的灯火映在河面上,拉出一条光的带子。

诚猜测耀子与自己在河畔散步的用意,对耀子一千元钱的用途所抱的好奇心,忽而有种谜底揭晓的感觉。为了不让情绪低落,同时也为了给自己打气,诚将手搭在耀子的肩上,耀子没有拒绝。

这时,石板路上传来牛车碾过的咯吱声。车夫赶着黑牛拉的空车走了过来。许是结束了一天的劳役赶着疲惫的牛回家吧。车夫吧嗒着烟锅袋,不知将去往城市的哪个角落,只不紧不慢地走着。牛像夜一般黑,腹部的皮沉沉的,帷幕一样耷拉着,每走一步便随着步子摇晃。

耀子让过了牛车。挂在车尾的饲料桶没精打采地晃荡着,撞在车身上发出钝响。饲料桶很深,里面的草料早已空空如也。耀子将手伸进大衣口袋,飞快地掏出一千元扔进了饲料桶之后,若无其事地接着往前走。诚惊讶地说不出话来。过了木桥往右折便是内幸町。走到木桥的桥头,耀子一脸认真地说:

"要是让警察发现可就糟了!这可怎么办呐?"

耀子的模样令诚忍俊不禁地笑了起来。说这话的耀子也跟着笑了。两人像孩子一样,脸颊潮热,眼泪笑得流了出来。

边走边用手背擦着眼泪的耀子说不出地俏皮可爱。到了铁桥下无人的暗处,诚迅速伸出手臂揽过耀子要吻,却被耀子推开,冷冷地盯着诚的脸说:

---

① 日本国营铁路的旧称。此处的"省"为政府机关单位,如"铁道省"。

"为什么你要这样？做这些事不觉得无聊吗？"

"不不，不是这个意思。我觉得我们俩太像了，忍不住想吻你。"

"我哪儿跟你像了？"

"爱宕常说自己是为生活所迫才出来赚钱的。每次听他这么说就特别恼火。我赚钱可不是为了什么目的。"

在那之后，那个晚上平淡无奇。诚将耀子送至新宿车站道别，诚提出送耀子回家，被耀子回绝了。

透过窗户，诚凝视着渐渐消失在人群中的耀子的背影，不意想起一高时文学狂的友人曾提到过的一首散文诗。诚没记错的话，应该是洛特雷阿蒙①的《马尔多罗之歌》中的一节。孤独的男人为寻找"与自己相似的存在"走遍世界。遍寻无果之后，绝望地驶向黑暗的大海。在大海中遇见了洁白如雪的鲨鱼，男人的直感告诉自己这正是他苦苦追寻的存在，最终与鲨鱼举行了惊世骇俗的婚礼。

"如此说来，耀子是我的鲨鱼少女喽。"

诚自言自语道，嘴角的笑意引得周围乘客侧目。诚这才意识到自己正在电车里。诚有些难为情地环视了一下四周，注意到眼前座位上的客人似乎慌忙地避开了视线。诚仔细打量着这张似曾相识的脸。

砧板似的正方脸，一张与大脸不相称的小嘴儿，打理得妥妥贴贴的小胡子。不是别人，正是那个获洼财务协会的男人。诚豁达地一笑打了个招呼："哎，好久不见！"若是别的场合也许诚会更尖刻一些吧。此时的诚正沉浸在无上的幸福中，恨不能拍拍每个人的肩膀，

---

① Comte de Lautréamont（1846—1870），法国诗人。

倒完全不后悔自己的宽容态度。中年男人正犹豫着是否该说"你认错人了"之类的话，突然下决心似的站了起来，一手抓住吊环，弯下身子深深鞠了一躬。趁男人站起来的工夫，一位肥硕的绅士熟练地扭着腰一屁股坐在了让开的空座上。

从鞠躬时间的长度和邋遢样子便知是喝醉了酒。男人大声说道：

"我给您赔礼了！不是我的错，求求您饶了我，请您原谅我吧！求求您！都是董事长那家伙干的，不关我的事。我再给您鞠个躬，求您放过我吧。"

男人接着说："你看看！"掏出脏兮兮的钱包，里面除了三张十元钞票之外一无所有。看着诚吃惊的样子，男人索性将皱巴巴的西装也脱下一半，从肩上到后背打着坐垫大小的难看的补丁，拙劣的针脚像缝的一块破抹布。乘客也不禁失笑起来。

"别笑！我身上可没有虱子。我是个很爱干净的人，隔一天洗一次衣服呢。谁要怀疑我有虱子，我跟他没完！"

诚为了不让逸子对自己起疑心，另外，也因为太阳商社都是年轻人，需要一位上了年纪的人坐镇，想探探他的口风，因此，当晚将这位醉汉带回了荻洼的住所。当然，还因为听男人在电车里说今晚得找个水泥管子过夜的缘故。

几日后，经过爱宕的同意，这位爱清洁的骗子被任命为"太阳商社"的顾问兼营业部长。他的名字，说出来会令人喷饭：猫山辰熊。多年以后，只要提起川崎诚，猫山便露出一脸敬畏，用谦卑的口吻强调道："别看他年纪轻轻，却是个胸怀大度的汉子。佩服！"

第十三章

翌年一月二十六日，太阳商社购入银座的办公楼，并以此为契机将商社改组为股份公司，并搬入银座。公司的集资总额已超过一千万，贷出款超过了五百万。报纸的广告也放在了三行广告中最显赫的位置。广告费增长了五倍，集资金额呈现几何式的增长。作为不动产投资，在银座拥有办公楼也是公司资金运营的一环。

诚之所以博得极高的信誉，完全是由于"章鱼红利"①，即动用资本支付利息的岌岌可危的经营方式。就像人与人之间的交往，比起疏于来往的兄弟姐妹，往往会更容易信任经常晤面的友人。利息迟付一个月，投资者会满脑子惦记自己的本金，如果月月如期拿到利息，便会忘了本金的存在。

K市的母亲惦记久未归家的儿子的感情，便与这本金的固有观念类似。一想起诚的事，虚荣心就受到伤害。丈夫责备诚的不孝像触及了自己的伤口。每有患者谄媚地问起她那名噪一时的优秀儿子，母亲就会像是被问起了背着人偷偷送进精神病院的儿子，惴惴不安地答道：

"诚儿呀，挺好的，常写信回来呢。最近功课忙没时间回家。就是担心别把身体搞坏了,只有这一点让人放心不下。"

如此回答的结果,反而让人怀疑有什么隐情。

并非母亲知道了内情或是掌握了诚品行不端的证据。只是给诚的房东田山逸子写信询问诚的近况,回信上说诚在银座松屋百货店PX②后面的"太阳株式会社"供职,这让母亲有些担心。逸子的信寥寥数句,却流露出一种自豪,令母亲更为不安起来。

母亲想进一步了解诚的详细情况,心里虽这么想,但调查儿子品行这种没出息的事要是传到丈夫毅的耳朵肯定会被痛骂一顿。母亲关在房里写了封快信,决心亲自去一趟邮局。站起身却又改了主意,将好不容易写的信撕了。心慌意乱的母亲又想不如给逸子打个电报,电文如下:"诚之近况还望详告。"立即出了门。二月中旬的一个风和日丽的午后。她将标志上流社会贵妇人的银狐围脖收起来,只裹了一条素色黑披肩,像是去做什么见不得人的坏事,匆匆赶往南町路的邮局。

K市气候温暖。冬天从K市去东京经过两国站,两地的温差要多加一件衣服。可怜的母亲加快了脚步,脑海里全是诚小时候的情景,险些将盘旋在上空的美军飞机的轰鸣声误以为是昔日的海军。

推开邮局的门,新的念头又在脑海中闪现,母亲不由踌躇起来。小城唯一的邮局,当地名门望族的电报内容肯定会瞬间传出去,内容被无限夸大,到最后还不知被传成怎样的闲话。那个中年女职员一看就像是长舌妇。不行,电报还是算了……神经质的女人,不敢随手

---

① 据说章鱼饥饿时有食用自己触须的习性。指动用资本分红,伪造红利。
② Post exchange的略称。银座三丁目的松屋及四丁目交叉路口的和光百货均挂上"Tokyo PX"招牌,被美军征收为贩卖部,1952年返还日本。

扔了电报纸，团成一团塞入和服的袖兜。

"还是回家写封快信稳妥一些吧。"

川崎夫人突感疲倦，在阳光充足的窗边的长椅上坐了下来。一位来取款的青年——因所取的金额非常之少，引起了夫人的注意——碰到对方视线时，青年微笑着打了个招呼。这朴实的笑容让夫人多少有些安慰，夫人嘴角浮出笑容，说道：

"这不是易君吗，好久不见了。"

"是啊，好久没去拜访您了。"

"哎呀，千万别这么说。都怪你伯父不让你上门嘛。"

"您就别提这事了。"

川崎夫人认为共产党不过是大学里出来的赌徒，其意识形态该谴责的理由不在于思想内容，而是好端端枉费了学到的知识。这也难怪，夫人的父亲是千叶医科大学的教授，她是学者的女儿。

夫人和这位远房侄子在咖啡店坐了小半个时辰，终于想出一个主意。事先不给诚打招呼，直接去那个可疑的公司找本人问个清楚。夫人自己一个人心里有些不踏实，约了与正好也去东京办事的易瞒着丈夫一同前往。这时，夫人才重新打量了一眼已长大的易。

"诚儿要是也像你这样健壮，晒得黑黑的该有多好。"夫人一说出口，立刻被母爱定律般的利己思想俘获，"不过，常言说人无完人。你要是能有诚的头脑该有多好。那样就不会加入什么共产党了。肯定的。……你们究竟要将天皇陛下怎样呢？还有，就是那个，你们是不是要图谋将可爱的太子殿下绞首呢？简直是胡思乱想，走火入魔！"

易对夫人充满感情的责难不知该如何应对，为了诚还是一口答应与夫人同行。夫人觉得像易这样诚实善良的好青年，就是因为和

"坏人"交往才导致"身败名裂"，实在不能不说是一件憾事。从她关切的口吻中可以听出：被禁止出入川崎家对易俨然是一件"非常不利"的事。

保守党千篇一律的政见，像古老的水车在乡下无处不在。无论怎样崭新的思想，也不过是水流，只对水车的旋转起作用。保守意见正如念佛一样，魅力便在于无意义的重复。为避免读者无聊，川崎夫人的政治观点在这里就不一一赘述了。

两位地地道道的千叶县人，平日难得来一趟银座。川崎夫人给易买了条领带，易也不觉领带的品位低俗，马上系了起来神气十足地走在人行道上。夫人看着易的侧脸，觉得自己多少纠正了几分他的政治偏见。

"这可是积德行善的好事呢。"

她发自内心地感叹。一位乐善好施的虔诚的老女人便如此诞生了。

两人还未到之前，董事长办公室只有诚和耀子两人。百万以下的小笔交易已全权交给了爱宕和猫山。在耀子面前，诚一贯自称的"精神性的态度"已昂首挺进到游戏式的状态。眼下诚最大的喜悦，是让别人认为自己是个彻头彻尾的傻小子。眼前的处女，仿佛他刻意隐藏的柔软如小猫般的心在自己外部形成的具象化存在。因为有了钱，这位年仅二十五岁的青年，学会了像中年男人一样享受精神的嬉戏所带来的愉悦和乐趣。

耀子最近开始讲究起来，品位也与以前做托儿的时候截然不同，素净淡雅，不染指甲，化妆也以自然为主。有如此端庄秀丽的女秘书接待，来访的客人即便明知董事长佯装不在，也不会多做纠缠吧。忘了说明了,在改组为股份公司时,耀子升任为社长秘书。逸子因无法胜任大宗交易的计算,仍是会计科的普通职员。逸子为人谨慎,对诚与耀子之间的事从不多言多语。诚从逸子那的借宿处搬出,在筑地某高级公寓租了间房。偶尔,逸子会精心做些菜肴给诚送过去,然后随诚的意或在那里过夜。

职员们一致认为诚和耀子已有了男女关系,对逸子的超然很是不解。然而逸子却凭着年长女人的直觉,看穿了诚与耀子之间并没有什么。逸子了解诚强烈的自尊心,表面附和着同事们的臆测,一如既往地如奴婢一般装作无怨无悔,死心塌地地侍奉着诚。为了不让诚察觉自己并无妒意,逸子做出默默忍受着痛苦、欲语还休地仰着脸注视诚的样子,即使是出于怜悯,也足以使他吐露出引诱自己的话来。多亏了逸子,诚才得以将掩藏在这引诱之下若隐若现的自我怜悯搪塞了过去。

透过窗户看下去是松屋PX背面肮脏的街道。耀子对着挂在窗边的镜子补妆。镜子深处映出办公桌后凝视自己背影的诚。诚盯着耀子后背上一连排纽扣,中间的两三个开着,大概是手够不着的缘故吧。没扣上的几粒扣子是如此可爱,也表明没有男人的手帮她扣上扣子,仿佛证明了耀子的纯洁与清白。诚几次想提醒耀子,却欲言又止。

耀子转过身半靠在窗边,露出淘气的微笑,描述诚从背后盯着她看的情形,调侃道:

"女人背上也长着眼睛呢。"

"对!十个吧。哦,不对,是九个。"

诚指的是纽扣。耀子笑着摇摇头。据耀子的说法,女人后背有十八只眼：六只是猜疑，六只是幸福，还有六只是悲伤的眼。诚对这类神秘主义完全不感兴趣，但还是像个傻瓜似的感叹了一番。耀子说着走到办公桌前开门见山地说：

"该给饲料桶放钱了。"

"捐多少啊？"

"这回五千就行。"

耀子像在说与自己完全无关的事。

"给，这是五千块。这可是第八次了吧。头一回是那次的一千。之后是一万，八千，一万五，三千，两万，一千五百元，这次是五千。"

"这种事记得那么清，说明你还差得远呢。别记着了！你要是怀疑的话再跟我走一次夜路，去找那头牛呗。"

"饶了我吧！要是看见你往饲料桶里丢进两万，我说不定会昏过去。到时候你还得照顾我才能回公寓。到那时，发生什么事我可就不能保证了。"

"看你，又乱说起来。提那种事有什么意思？你要是再说这种话我马上就辞职。答应我，别再说这些了。"

"好，我答应你。你想知道男人在精神上究竟能达到何种程度，我相信自己一定能合格。只有经你考验合格的男人才配得上你。这种理想的男人也堪称当代青年的楷模吧。"

"那还用说。女人提出各种无理要求，是自《竹取物语》①以来就有的老规矩嘛。"

"你说这些话时透着天真的眼神，我真的很喜欢呢。"

---

① 《竹取物语》或名为《竹取翁物语》，是日本最早的物语作品。

诚的真心与假意，连本人也无法分辨地交融在了一起。单从会话的字面上来了解，确实不是一件容易的事。

川崎夫人一路听易讲述关于北海道的事。在都市的喧嚣中听着炭矿工人的悲惨生活，就像小时候听大人讲因果报应的恐怖故事。夫人专注地听着，不断地点头。听完之后，夫人的一番平易的感想让易不知如何作答。

"关于革命的事我也听说过不少，也不能说都是坏事。不过，革命就是把我这种柔弱的人弄到炭矿去劳作是不是？然后呢，因为革命，炭矿的工人过上了与现在的我们一样的生活。这可得好好考虑考虑。你想想，他们又不会用刀叉，可能会嫌吃西餐麻烦。如此一来，西餐厅的厨师和服务生就会失业，生活陷入了困境，然后又轮到他们开始闹革命。"

易停下脚步说就是这儿。夫人也停下了脚步。抬头看着被煤烟熏得有些发灰的二层楼房。横着一块招牌，中央画着太阳的笑脸，用粗笔横写着："太阳商社"。字的下面写着"TAIYO COMPANY"的英文字母。川崎夫人小声地读着，小心地注意着自己的发音。

楼前停着两辆小轿车，一辆达特桑①货车。从里面推开门急匆匆走出一个男人，钻进其中一辆的驾驶室，开着车走了。

"看起来生意不错嘛。"

不知内情的母亲对易说。易示意夫人看门旁的小招牌，只见牌子上写着：

---

① 日产汽车曾用商标。

美式金融公司

全国唯一专业金融株式会社

太阳商社

最高利率　最佳投资

　　急用者随时退还

快速办理小额抵押贷款

斯界一流　诚信可靠　经验丰富　欢迎合作

　　川崎夫人惊叫了一声："这可怎么办呐！这不是高利贷吗？"

　　夫人的教养使她立刻明白了这些文字所表达的含义。夫人推开门进去，易跟在身后。可怜的母亲，用眼睛四处寻找着被一脸络腮胡的恶汉驱使着劳作的学生服的儿子，仿佛狂乱的母亲寻找着自己被马戏团拐走的孩子。所幸办公室内拥挤嘈杂，并没有引起太多注意。

　　爱宕和猫山坐在最靠里的办公桌前。唯有两人的椅子是绿天鹅绒的转椅。身为董事的爱宕面前，是某姓名牌公司的总监。猫山董事面前正低头哈腰的是藤代机械株式会社的会计科科长。爱宕斜靠在椅子上，一只手拿着铅笔在桌面的玻璃板上随手划着数字，又用同一支铅笔边挖着耳朵眼儿，边听对方讲话。爱宕心满意足的视线时不时地落在新定制的英国呢绒的西装袖子上。胸前，钝金的太阳商社的徽章闪闪发光。为了避免因自己年轻而被对方小瞧，还用心蓄起了小胡子。翘起的胡子尖儿一触到气色红润的脸颊，爱宕的耳朵便不耐烦似的动了起来。客人呆呆地盯着耳朵，忘了说话，爱宕便催着客人接着说下去。

　　爱宕在商谈中常常会忘了生意的事，为对方的窘迫生出同情心。

与诚的不同在于，爱宕无须告诫自己时时要保持冷静。即使是小笔贷款，爱宕都会亲力亲为，听对方述说悲惨境遇，有时还会发自内心地流下真诚的泪水。自己从事的是一项有利于社会的、出于人道的救济事业。近来，这种确信渐渐成为爱宕的坚定信念。选择能够接触诸多悲伤故事的职业，爱宕在心里不断回味着无以名状的幸福。没有比帮助陷入困境的人——这种想法当然是误解——更能感受到无上的喜悦了。因此，对于爱宕来说，催债无疑成了痛苦的事。而这痛苦，不过是对自己所得的喜悦付出的代价——爱宕如此鼓励自己。对对方手软，便是对自己的姑息。如此一来，内心便总是保持着恬淡宁静。

"原来预计绝对不会出差错的销售额黄了。与之相抵的已开出的支票，如果不能按时兑现，失去了银行信誉，这才是真正让人担心的事。十天一成五分，尽管利息有些高，还是希望能借到贵公司的这笔钱，至少先让支票兑现再说。请允许我用支票作担保，向贵公司借一百五十万……"

"没问题。"——爱宕考虑了一会儿，用令人信赖的口吻说道，"我相信你是值得信赖的人。我的直觉，是我的直觉这样告诉我。只用一张支票来作担保，在我们这儿还没有先例。不过，没关系，还是决定借给你。"

听完爱宕的话对方脸上的表情瞬间明朗起来，像清晨打开了窗户一样令人神清气爽。将钱交到对方手上的那一刻，爱宕的手因着喜悦而颤抖起来。帮助别人，的确是一件令人愉悦的事，更不用说还能带来利润。

爱宕近来说话时常爱用"世上还是好人多"或是"人人皆有佛

性"，或"人与人之间重在相互扶持"等等的老话。这些为人处事的金玉之言，对爱宕已如一日三餐一般不可或缺。爱宕有时还大言不惭地说："大学里学的那些怀疑思想，简直一文不值！"

"人世间——有一条大道。一条名为诚实的大道。在这条大道上，只管挺胸昂首地走下去！"

有时候爱宕对着比自己小一两岁的年轻职员如此训诫。事实上，爱宕本人对于诚实所带来的越来越大的利润有时也会感到惶惶不安。每当此时他便自言自语地说些不说也罢的废话：

"人呐，走正道反而有些不安哩。"

每逢有人夸自己精明能干，爱宕就觉得仿佛说的是与己无关的人。随口胡说惯了，不免对自己所说的话也将信将疑了起来。

猫山的办公桌前却与爱宕浑然不同，似乎空气里也弥漫着凝重的气氛。不知何时，猫山学起了他最敬重的大骗子大贯泰三的做派：听对方讲话之时，自始至终做出颓废悲伤的样子，屁股在椅子上挪动，却并不是因为痔疮的缘故；或是在对方说话的途中，突然发出牛咂舌似的山响的咂舌声；用悲伤的眼神瞥对方几眼；唉声叹气；或哀伤地、久久地垂着头……

听完客人的说词，猫山小小的嘴巴，已不似先前那样灵活，而是含混不清地喃喃自语似的嘟哝着。对方再次询问时，只发出"哦……"的一声，无趣地忍住哈欠依次翻看账簿，将对方的抵当贬得一无是处。然后低着头一动不动。过了好一阵，这才用无比悲痛的降服的表情说道："好吧，那就借给你！"之后的过程更为漫长。猫山到另一间房的保险箱里取出钱，点清之后，为了让客人盼望的时间更久一些，猫山蹲在金库前从兜里掏出花生米，一粒一粒地咀嚼，总共要吃三十粒。

好不容易，那位会计科长将三和银行的股票七千三百股、藤代机械的新股两千八百股和旧股九千二百股作为抵押，以日息七十钱计，预先扣除利息之后，借了六十五万回去了。藤代机械的董事长藤代十一在日经联①中有很大势力，是财经界的名人。有这样的贷款人令诚非常高兴，诚制作了一个名人贷款名簿，计划在夏天给各位寄去暑期问候的明信片。

电话声此起彼伏。职员已增加到十七人，在办公桌之间窄小的缝隙穿梭往来。身着黑色制服的女职员"哎呀"叫了一声，原来是拿账簿时不小心打翻了桌上的花瓶，黄水仙倒在了桌上，弄得到处都是水。"哎呀"的惊叫声旋即传染给了来客中的老板娘，老板娘跟着也尖叫了起来。客人以为是地震，满屋子慌不择路乱成一团。川崎夫人夹在人群当间，想找个职员问话也难。刚捉住一个人的袖子却被甩开，那人忙不迭地不知跑到哪里去了。

"看来诚不在这儿。"易说道。

夫人好不容易捉住了一个十六七的小工，问有没有一个叫川崎的东大学生在这里干活，小工只回答了一句"没有那种人，不认识"便溜得没了踪影。夫人正不知如何是好，碰巧看见从里间出来一位穿和服的女人，走到办公桌前坐了下来。夫人心里一阵宽慰，眼眶都湿润了起来。

"田山小姐！是我，是我呀！"夫人叫着。在震耳欲聋的电话铃和打字机声当中，逸子走了过来，不紧不慢地向很久不见的夫人问

---

① 日本经营者团体联盟，成立于1948年。

候。夫人顾不上平日的淑雅,不客气地打断了逸子的话,用近乎诘问的口气问道:"我要见诚,告诉我诚在哪儿?"逸子并不作答,只微笑着带二位上了楼梯。到了二楼,逸子敲了敲董事长办公室的门。里面传出诚"请在门外稍等"的声音。话音未落,母亲便气势汹汹地闯了进去。迎面只见儿子正翘着脚搭在豪华的办公桌上,惊愕地说不出话来。

让川崎夫人接受儿子是这家公司董事长这一不光彩的事实,着实费了些时间。夫人低语道:"到底是怎么回事! 你居然瞒着我……不知什么时候……你竟然在这种地方……你怎么成了这样!"突然间,她脸伏在桌上啜泣着断断续续地说:

"诚,你到底是怎么了呀! 放着好好的学不上,瞒着父母在这儿放起了高利贷。你就是赚多少钱,妈也不会高兴的。你让川崎一家的脸往哪儿搁呀? (这老套的哭诉,让满脸是泪的妇人沉浸在陶醉中。)你考虑过川崎家的名誉吗? 满以为你能成为一名出色的学者,为什么要走这条邪路?"

诚向耀子使了个眼色,让她退出去。看着眼前母亲已变得稀疏的头发,充着血如凝视着他的老鼠般真挚的眼神,诚无动于衷,懒洋洋地解释道:

"我又没说过不当学者的话。等工作告一段落还会回到大学。经济这东西,光靠书本知识只能是一知半解,你要理解这也是研究的一部分,何必又哭又闹呢。"

诚说话之间愕然发现,自己对母亲没有丝毫感情。母亲令人不耐烦的哭诉中充斥着明显的利己主义,但也略微唤醒了诚对血缘的亲密感。诚恨不能拿起桌上的墨水瓶砸在母亲的头上。另一面,诚却对做不到这一点的自己感到愤怒。诚想，她的额头若是被墨水染成蓝色，这郁闷便能一举解决了吧。

易在一旁实在看不过眼，对诚说道：

"你母亲这样子也太可怜啦。你好好想想，如果有什么特别的理由，让你不得已成了高利贷者报复社会的话，咱们可以好好谈谈。"

"又不是《金色夜叉》①，我可没有小说里的动机。"诚冷冷地甩出一句，"既无动机也无目的。这样的赚钱方式，怎么就损害家族名誉了？"

易接着说："先暂且不论家族名誉的事。即使没有动机和目的，放高利贷对社会也会产生不良的影响。肯定是如此。既然没有动机和目的，要是能将热情放在稍有生产性的工作上就好了。"

"你也学会讲歪理了？那你不是跟我一样了吗？好不容易有点儿个性这下也全没了。生产性？法律这东西从来就不具备生产性，难道你是否认法律的无政府主义者吗？想指责我？告诉你，弄不好你自己就会陷入自相矛盾！"

说完走近易的身旁，将易的领带拽出来在手里晃着：

"这是我妈给你买的吧？"

"真有你的！你怎么知道？"

"品位挺别致的，看起来很不错。你不可能有这样的品位。再说怎么可能有姑娘送你领带呢。"

在这里必须加上一句注释。诚所说的"品位"一词并无任何讽刺意味。诚自己所谓"有品位"的领带，说实话，也不是什么值得称

---

① 日本明治小说家尾崎红叶的代表作。1897年1月至1902年5月在日本《读卖新闻》连载。故事的主人公因所爱的女子背信弃义嫁给了富豪，为了复仇而成为高利贷者。

赞的东西。

耀子进来，附在诚的耳边说了两三句话后又走了出去。听完耀子的话，诚的眼睛像捣蛋孩子想出了什么坏主意似的突然一亮。诚搀扶着母亲，话里甚至有温情的影子。

"好了，别哭啦。我带你们去看热闹去。"

诚默默地示意让易也同去。

"我不饿，你别管我！"母亲误以为是请她去吃饭，叫嚷着，"我绝不会被你收买，别想用怀柔政策来拉拢我！"

抵抗着的母亲最终还是坐上了达特桑。听见诚不经意间说出的"我的车"又吓了一跳。达特桑前面，烧炭的卡车冒着滚滚的白烟。卡车载着四五个身强力壮的小伙子在前面开路，诚的车紧随其后。

第十四章

"这是去哪里？"

川崎夫人不安地问。诚只说是带大家去看热闹便岔开了母亲的话头。前面的卡车上，小伙子们摆上了酒瓶围坐在一起。偶尔有人跌跌撞撞地站起来扭着身子跳舞。两辆车开到麻布，卡车在饭仓片町的公交车站附近一栋小巧的民居前停了下来。川崎母子一行也跟着停在后面。

诚率先踩着脚踏板跳下了车。鞋子落在路面发出的响声在川崎夫人耳中空落落地回荡着，像是空钱包掉在了地上。凭着母亲对孩子敏感的直觉，母亲看穿了自己的孩子并不幸福。

卡车上的年轻人一个接一个从车上跳了下来。在诚的指挥之下，两三个人绕到了房子后门。母亲注视着指挥官意气风发的背影。诚的背影与母亲送学生时代的诚出征时所看到的如出一辙，却不知如何定义二者的共通之处。对诚的"英雄主义"，如果用恭维的话来阐述，即醉心于虚构的天职，同时却时刻不忘鄙视这一天职的男人的激情。这种激情的有利之处在于，轻蔑的强烈程度常常会由虚构提升至现实。

夫人在易的催促下才下了车。诚像是回到自己家一样随意打开偏门,招呼母亲和易进去。川崎夫人大方地走了进来,还以为是黑市饭馆,对易说道:

"哎呀,连个招牌都没有。"

诚等不及年轻女佣带路,径自脱了鞋走进屋里。后面跟着母亲和易。两三个小伙子则守在门口。

一行人快步穿过走廊。夫人问儿子那几个粗鲁的年轻人都是干什么的。冬日的阳光照进房间,四周鸦雀无声。诚看到屋里连一张桌子都没有,咂了一下舌头。

"哼!竟然让抢了先!"

"奇怪?不像是饭馆呀。"

夫人回头对易说道。不知何时也被不怎么高尚的好奇心驱使。这里是不是饭馆已无所谓了。易亦如此。

走过了三间空房,只听先进去的女佣一声尖叫,接着传来另一个女人近乎悲鸣的叫喊声。夫人愣了一下停住了脚步,诚犹豫地拉开了隔扇。

十二帖大小的房间里没有一张桌子、一把椅子,唯有一张巨大的桃花芯木双人床,床脚朝着门放置在屋子中央。郁金色的鸭绒被堆在床的一侧,一个女人裹着床单蒙着头藏在被单里——从散露在外的头发上可以判断。女人的身旁,是一位身着华丽睡衣的中年男人,双脚的一半还伸在被子里,抬起了上身茫然注视着闯进来的人群。女佣早已没了人影。

"贵安!"诚问候道。

"贵安!"

男人尖着嗓子答道。一张五官过于完美的男人的脸。气派非凡却空洞无物。秃头，小而柔和的眼睛。

"哎呀，近来略感头疼，大白天也只好如此。让您见笑了，请坐！可惜寒舍连一把椅子都没有。您不介意的话，请坐在床上。"

诚不客气地坐了下去，被坐在诚身下的女人发出模糊的叫声，探出脸来。只穿了一件吊带睡衣，对满面惊诧的诚说道：

"哎哟！是川崎先生啊！"好像现在才知道似的。"那我起来啦。阿梅呀，把外套拿过来。感冒了可就不好了。"

女佣拿来一件华丽的黄貂大衣披在了女人睡衣上。女人仍旧厚着脸将脚伸进被子里，没有起床的意思。川崎夫人和易从隔扇的门缝里睁圆了眼睛偷看屋内。夫人考虑到教育上的不良影响，用手势制止易看下去。闲得无事的易不由吹起了口哨。

"还有其他人？"女人问。

诚佯装不知地答道："没有啊！"

说完这句话之后，床上的三人陷入了沉默。邻居的收音机里传来铿锵有力的进行曲。男人伸出小孩般柔软肥胖的手从枕头底下抽出烟盒，向诚和女人让烟，自己点了一支。烟盒上雕着十六瓣八重表菊纹的皇室家徽。见诚盯着烟盒，连忙解释自己的财产只剩下这件天皇御赐的东西。

这位泰然自若的大人物曾经是贵族。幼年时，从藤仓男爵家过继到角谷伯爵家当养子，姓角谷。其实也算不上败家。不过确实天生具有耗尽万贯家财的卓越才能。在月月有巨额利息收入的战前，这种人就像是制造出来的、与收入保持适当平衡的花钱机器。即使尽可能节俭，每月仍要定制十双鞋子，搜集根本不去阅读的原版全套著作。或是增设犬舍，或是给司机定制羞于穿出去的新奇制服等等。如此花钱的结果，战前养着六房姨太太，如今只剩下一个。主宅已被拍卖。饭仓片町的这座公馆，因名义转移在姨太太名下，这才免去被竞拍的命运。后来将这公馆也作了抵押来借贷。这位前伯爵，原本就全无贷款的概念，对他来说一切全是自己的收入。

"根据合约，我是来取抵押品的。"

"那就有劳你啦！不过，你也看见了，"伯爵像魔术师一般摊开双手，"一样东西都没有！你要拿走什么呢？从我这一文不名的人这里还有什么可拿？这个家就算强盗进来我也不怕！"

"那好，这里所有的东西我都会统统拿走。你用动产做了抵押，可你却擅自作了处理。既不付利息也不还本钱。今天，有不少年轻人正一腔怒火地等在外面。既然如此，很抱歉，只有来硬的了！"

"哎哟，这可有点儿过分了吧。"伯爵越发淡定地说道，"强制执行？你可知道，只有国家才有这权力。当今的法律可没有私人执行这一条。"

"你是从哪里知道的？"

"律师告诉我的。"

"是那个无证经营的律师栗田吗？"

伯爵脸上出现动摇的神色。栗田是伯爵染指的走私进口香烟的同伙。

"总之，今天我做的，是借了钱给人之后，还得自己来取抵押这种绕远路的事儿。如果契约无效，你得把钱还给我。要是没钱，只能靠国家的强制执行。一旦告上法庭，你干过的事被一桩桩翻出来，可不太好办吧。横竖都是一回事儿。今天，我先拿走那张床，对了，那件大衣也一并拿走。"

"啊？！"

"啊？！"女人和伯爵一同发出惊讶的叫声，面面相觑。

女人的脸色发白，连胸部也像失去了血色，将貂皮大衣紧紧裹在身上。不紧不慢的伯爵穿着肥大宽松的睡衣下了床，默不作声地走到廊下，在太阳底下做起操来。看似飘逸的伸展运动，却满含着透彻的恶意。诚不禁佩服起来。

诚探头向邻室的易说道：

"去帮我把门口那些小伙子叫过来。"

好笑的是，易像是尽自己的义务一般赶紧跑了出去。

没过多久，看守后门的小伙子也撤了回来，六个人一齐拥进里手的房间。诚很绅士地忠告伯爵，夫人要是喊叫起来恐怕对你不利，伯爵听了，从枕头下掏出罐装的黑糖饴，往挣扎的女人嘴里一气塞了三块糖，女人想叫也叫不出声。手下的人请示诚从何处开始动手，诚指示说先从羽绒被开始吧。

"来吧！让我们为权利而斗争！"

小伙子们喊着崇高的口号开始动手。诚在日常对职员的训话中，常常引用耶林①《为权利而斗争》中的名言。这些不甚理解其义的家伙，当作口号流行了起来。

三个小伙子拽起床垫，女人一下子滚落到榻榻米上。站在廊下的伯爵续上了第二支烟，自言自语地嘟哝："风景很不错嘛！"在一片嘈杂吵闹中川崎夫人和易也走了出来。这时，几十张艳俗的春画

---

① Rudolf von Jhering（1818—1892），德国法学家，新功利主义法学派的创始人。

从枕下散落到榻榻米上。

诚此时像电车里被人拥挤着却仍旧超然读着报纸的男人，皱着八字眉，对眼前的事漠不关心。心里只有恪守尽责的观念，诚不理会榻榻米上啜泣的女人，带着母亲和易径直走到伯爵面前，介绍道：

"这位是角谷伯爵。这是我母亲，这位是我的远房表兄。"

"您好！"

身穿睡衣的伯爵稍稍弯下腰，优雅地行了一礼。这一礼深深感动了旧时代的母亲，而进步青年易却露出不屑的神情。易在心里将适才自己还礼时鞠躬的深浅与伯爵做了一番比较，得出的结论是，虽说是意外的身体反应，弯腰的角度较之伯爵要小。易对自己的思想觉悟已渗透到条件反射运动这一点非常满意。

"那些画请留给我吧。"伯爵说。

"分一半吧。"

"诚，你这是什么话！"母亲这才回过神来训斥道。

小伙子们正要动手脱女人的大衣。由于带着几分醉意，手自然而然碰到了不必要的地方，不防被女人咬了一口，流出血来疼得龇牙咧嘴，其余五个人笑着齐声起哄。

"欸！为权利而斗争！"

"姐儿呀，还请您多见谅！这也是为着权利的斗争呐。"

其中一人袅袅婷婷地捏着嗓子学着女人的模样嬉笑。诚斥责快点干活去，三个人便开始搬运大床。竖起来的床将磨砂玻璃的灯罩撞得粉碎。

总而言之，这确实是一场好戏。诚两眼放着光，嘴角漾着笑意。诚意识到自己饶有兴趣时，继而又为自己的想法而感到羞耻。诚的道德观念是"在理性的座位上绝不允许感性来入座"。对于多数人来说，不过是一种不利己的惯性思维，诚却作为道德问题来看待。这也是川崎家族惯用的一套，总是将自己摆在高人一等的位置。

易却恰好相反。易渐渐兴奋起来，已失去了分辨力，被眼前半裸的、痛苦而扭曲的女人撩起的兴奋化为了冲上前去助同志一臂之力的精神性的亢奋。"伯爵"这一滑稽的称号，点燃了他体内的激情并继而转为强烈的愤怒，心目中，眼前粗暴野蛮的行为不知何时已成为正义本身。唯有借着激情才能实现正义的人，往往有这样的失误。而这失误却于他本人毫发无损。他想象着革命，为着从未目睹过的理想，像女人幻想神圣而疯狂的"燔祭"。正如人们常说的或书上写的："他的血在逆流！"

川崎夫人注意到了易的变化，要制止却为时已晚。易冲上前去打掉小伙儿的手，用过人的膂力朝另一人胸前一推，将那人推倒在地。几个人误以为他要捣乱，杀气腾腾地将他团团围住。女人以为救世主降临，紧紧抱住了他的大腿。易施展出令人瞠目的敏捷的行动力，温柔地张开抱着自己大腿的女人的两臂，将女人光滑雪白的手臂，从大衣滑溜溜的绸缎里子的袖子里抽了出来。易剥下了大衣，蓬松地团成一团举过头顶，笑着向诚扔了过去。诚手忙脚乱地接住。易笑着叫道：

"看好了啊！讨债是这样儿的。"

一帮人这才明白了易的义举，一齐哄堂大笑起来，伯爵也被引得笑了起来。川崎夫人本来就鄙视女人，这时脸上也浮出源于道德的法悦的微笑。易走到伯爵面前，一把揪住伯爵的衣领。

"你要干什么？放开我！"

"你想干什么呀？"诚不紧不慢地问。

"我怀疑这家伙到底是不是真的身无分文。要不，脱光了看看？"

"不要乱来！"伯爵依旧是一副自言自语的腔调。

诚装作没看见伯爵使的眼色，接着说道：

"好啊。动手吧！"

伯爵的睡衣旋即被剥掉，从大白蛆一样半裸着的上身的毛线肚兜里，搜出一只埃尔金金表和一串珍珠项链，易没收了交给诚。

在"为权利而斗争"的号子声中，一行人抬着大床。床的四角在墙壁和柱子上磕磕碰碰，堂而皇之地从十二帖的房间里抬了出去。诚一手抱着貂皮大衣，一手提着项链，彬彬有礼地向赤身裸体的伯爵道别：

"那我就暂时替您保管了。结账之后如果还有剩余的话，一定会送还给您。"

"让您费心了。"

就在这时，易无缘无故地用膝盖在伯爵硕大的屁股上顶了一下，伯爵一下趴倒在了走廊上。川崎夫人来到伯爵身边，恭恭敬敬地将睡衣盖在了伯爵肩上。这再三的关切彻底击垮了角谷伯爵，伯爵将脸埋在廊檐的圆草垫上哭了起来。

有些事总是难以名状。对某些人来说是革命，对某些人只是讨债，而对另一些人则是被蛮横地抢夺；有些人在看热闹，有些人仅仅当它是职业性的体育运动，甚至对有些人来说它什么都不是——一场喧闹的盛典就这样结束了。一行人分别乘坐载着床的卡车和达特桑小货车，得意洋洋地绝尘而去。

诚怕回来的路上母亲唠叨，让母亲和易坐着小货车，自己则和小伙子们爬上了大卡车。诚仰面朝天地在大床上躺了下来。周围又开始了年轻人喧闹的酒宴。诚将身体裹在姜黄色的羽绒被冰凉而沉静的缎子里。手指无意中触到失去主人的黄貂大衣的皮毛。诚对放歌高吟的嘈杂声并不介意。诚仰起头，冬日的天空被都市电车纵横的电线裁成巨大的网眼。天空中没有一片云彩。纹丝不动的天空，他的视野被肃穆与澄澈包围。诚仰视着没有任何头绪的透明的蓝天，一种无可名状的嫉妒涌上心头。嫉妒天空是如此澄明，如此完美，又是如此的通畅。过了不久，卡车从新桥行驶到昭和大道，在烧毁的一座建筑物后面出现了一片云，诚这才安下心来。

第十五章

正如每个人都有充满善意的一天，自然也有被恶意所裹挟的日子。不知是否受了蓬松舒适的羽绒被、大衣及项链穷奢极欲的影响，仰面躺在卡车的床上回到公司的诚，酣畅的恶意、轻侮一切的欲望充溢在体内。

即使听惯诚日常冷酷的教义，认为残忍的情感膨胀是精神平衡的体现，也会感到惊讶吧。简单地说，面对今天发生的一切，诚丝毫不觉得自己冷酷无情。对这一点，诚非常满意。

诚想进一步试探自己。

回到公司，在二楼接待室等待自己的是母亲担忧而润湿的目光、因敬佩而闪闪发亮的易的双眼。在诚眼中，这些正是求之不得的猎物。

"别摆出一副担心我的面孔。"诚对母亲说，"一想到在某个角落，有这样一双眼睛盯着，会让人做噩梦的。"

"那就是你的良心啊！"可怜的母亲毫不示弱，"没错！我就是到了坟墓里也要盯着你。没想到你竟然变成了恶棍，更没想到的是将你抚养成人，得到的却是今天这样的报答。"

"儿子成功了，你难道不高兴么？"诚若无其事地回答。母亲哭了起来。

诚平静地安慰道："看完好戏你哭什么呀！你不是也觉得挺有趣的吗？"母亲反省自己白天的所为，眼泪忽而变为自责的泪水。重新抬起头直视儿子的目光，仿佛女人面对引诱自己体验到意外快乐的男人，眼神中含着憎恶和令人败兴的抵抗。诚避开了视线。这正是川崎一族的眼神。仅仅因为如此，这一刻，便足以让诚觉出母亲的丑陋。

凌辱母亲的这番话，最初被易误解为诚是因为不能原谅母亲为伯爵披上睡衣的缘故。易也目睹了夫人的愚行，从那一刻起便对夫人有些轻蔑之意，因此对诚有偏袒之心。当易认识到诚是出于社会正义的热情，更是佩服得五体投地。

拒绝了诚晚饭的邀请，忙着收拾回家的夫人叫易陪同回去，易冷冷地拒绝了。品位高尚的领带也似乎无力挽回易顽固的思想，夫人平静的眉头刻上了忧愁的印记。

"至少开车送我去车站吧。"

"好啊，没问题。"

夫人期待和儿子一同坐车去，但孝顺儿子只是给她安排了车，自己却留了下来。

听到窗外汽车的发动声，如往日一样，易微笑着回过头亲昵地注视着诚。诚已很久没见过如此纯真无邪的笑容了。诚心想，这笑容简直就是美丽的古董。诚将昔日的友人请到墙边的电热炉旁。

"你真是了不起！没有被骨肉亲情所束缚。"易在电热炉上烤着手说道。

"看你今天收债的情形，就知道没有一点儿私心。"

诚搓着烤火的手。窗外薄暮时分的街上，霓虹灯威慑似的一起亮了起来。诚有点不耐烦，却装作真诚的样子沉默着，内心只想知道这位远房表兄究竟能有多蠢。

"对那些腐败阶级，就要毫不留情地打倒在地。这才是崇高的事业。关于革命，我从中学到了很多东西呐。"

"对你能有参考那真是太好了，很高兴听你这样说。"

诚内心嘲笑着坐在办公桌前，在装着几枚纸币的信封上，蘸着墨写下"酬谢"二字。诚想象着将信封塞给易时，被激怒的易的表情，幸福得直想吹口哨。

"催债时多亏你帮了我，真的非常感谢。"

诚说着走到易的身边。

"数目虽然不多，但这是我的一点心意。多亏你今天挺身而出，帮了我们的大忙。"

硬汉的脸霎时因充血而涨得通红。信封取得了预料的效果。易张大嘴说不出一句话，有如被追捕而无路可逃的间谍，两眼直瞪着诚。从衣服下面鼓起的两臂可以清晰地看出，易正用生来为数不多的理性，极力克制着自己动手。事到如今，易依然无法超越友情的界线。见此情形，诚不禁笑了起来。诚早已不相信什么友情，如果易没有认识到这一点，诚明显占了上风。况且，易为了克制自己，几乎用去了全部的理性。此时此刻，断然没有怀疑友情的余力。诚看穿了易绝不会向自己动手。

"你身上已没有一点人性。"

憋了许久易才骂出了一句。诚执意要将信封塞进易的口袋，易愤然转过身，推开门冲下楼。留下诚一人，在办公室的长椅子上躺了下来，细细回味着今天发生的一幕一幕，诚笑了。一种心满意足的、用奇妙的说法就是，家庭式的温暖的笑容。这位故作老成的戏谑家在炉边烤着火，目光祥和，体内有一种难以名状的舒畅。凌辱这件事是多么舒心惬意啊。诚心想，如同对于将军，战场才是他最适意的地方。

——这时，耀子捧着茶走了进来，惊讶地问："客人都走了呀！"

第十六章

见耀子进来，诚心里忽而有一种莫名的感动。诚恳求耀子留在自己身边，语调中有种心情舒缓后的真挚。耀子半垂着眼帘坐了下来。

诚感觉从未像此刻这样爱着眼前这位纯洁无瑕的女人，然而他却认为此刻并非放任感情的时候。人是坚强的，亦是脆弱的。为了能够认识到优点往往暗示着缺点，还需要假以时日。他的自以为是，便是将这判断过于洁癖地驱逐于外的结果。他将与他年龄相符的甜美情愫与温柔，有意识地用夸张的形式发挥在了其他场所。无论学习成绩如何优秀的小学生，也需要一个运动场。然而诚的人生，则几乎等同于教室。谁能说诚老成世故呢？

诚吩咐了耀子两三件关于工作的事。诚温柔地注视着耀子，目光中流露出他所构筑的晦涩难懂的"观念性"的爱。人们对所爱的人抱有的观念，往往从初始便预感到其中的谬误。然而，有如动物在雪地上留下清晰的足迹，观念的印迹是切实的，即使之后发现了谬误，亦无法将这印迹消除。

诚在银座一带的酒吧很是风光。邀爱宕和猫山常去的酒吧叫"莫雷拉"。那里的女人，周末大都轮流陪诚一起旅行。诚这种与年纪不相符的博爱主义,被女人们在背后讲闲话时老套地称作"尝鲜"。某一天,女人们发现他送给所有女人的手提包全都一模一样,简直是怒火中烧。喜剧的策划是这样:所有的女人轮了一圈之后,某个早晨,诚打发送信的差使给每人的住处送去一份附着小花束的礼物。傍晚女人们在店里碰面时,发现彼此手中拎着的簇新的手提包,面面相觑,耳边仿佛听见不在场的看客在哈哈大笑。女人们极尽恶语地咒骂着。及至晚间,诚光临时,女人们却悲戚地多了一分竞争心,绝口不提谩骂的事,而是争先恐后地向诚献殷勤。

对这类女人,诚从不心存幻想。诚的刻薄,不过是不愿让人将自己当作乳臭未干的毛头小子的虚荣心在作祟。而上述的恶作剧,反而进一步显出了他的幼稚。

"关于做人,"诚如是想,"处处提防着不被人嘲弄的生活之中,绝对要留出一部分无须戒备的空间。"——诚的意思是说,仅允许耀子拥有嘲弄他的权利。现如今,恐怕没有比这更为热烈而真挚的爱情了吧。

耀子小心地听着诚的吩咐。诚将今晚需要加班完成的资料交给耀子。看着这一堆庞大的资料,耀子不由得抬起头,视线与诚温柔的目光交汇在一起。耀子不明白为什么自己要做这惩罚式的工作,露出困惑的神情。

"这是明天一早要用的文件,看来你得加班了。"

诚重复了一遍。话音里透着不由分说的冷漠,不像是平素开玩笑的样子。耀子顺从地答了一声"好的",抱起重重的一堆文件回到自己的座位。凝视着耀子纤弱的背影,诚只想从背后紧紧拥抱住她,哪怕帮她搬运一下沉重得几乎令她趔趄的资料也好。可是,他克制住了，旋即又为自己的克制而痛苦起来。诚拿起大衣和围巾，冲出了公司。

"车呢？"耀子吃惊地站起来在身后追问。诚头也不回地挥了挥手，打了一个"不要"的手势。直到走进熙熙攘攘的街头，那句"车呢"似乎还在身后回响。诚回过头望去，路上只有往来不绝的行人。

诚特意绕了远路，沿着大道往筑地的公寓走去。人生啊，当人们欲将其视作一场戏时，却被迫登上舞台，由此更加难以将其视作一场戏。因此，若不粉墨登场，则不可能在戏中生存下去。对于这一"可能"所抱的幻想，我们将其称为"人生"。

夜风渐渐猛烈起来，路上的行人竖起衣领加快了脚步。诚意识到自己挤在喧攘的人群中间，这些自己曾极度蔑视的庸众。这些家伙装着空饭盒的折叠提包、廉价的酩酊、通勤月票、皱皱巴巴的底裤和毛线肚兜、鼻涕、对可怜的妻小蓄谋的小小的反抗……为了蔑视这一切，曾拼却全力演绎着戏剧性的人生。此时此刻夹杂在这些人中间，诚感觉自己竟然是如此抽象的存在。

霓虹灯闪烁的街头，春天流行的披肩已摆上货架。夜店的女人正在用冻僵的手指拧着单杠人偶的发条。诚停下脚步望着人偶，回忆着是否是什么时候的抵押品。面无表情的人偶，直勾勾地盯着杂沓的人群。引体向上，翻筋斗，又引体向上……不断重复着同样的动作。

诚仰望从凋零的树枝间露出的一隅夜空。几乎看不清星星。不计其数的霓虹灯将夜空染成污秽的葡萄酒色。合成酒广告的霓虹灯、夜总会的霓虹灯……在空气中哆嗦着，重复着单调的颤栗。诚不意想起了昨夜和初次光顾的酒吧女招待，在新桥车站后面的旅馆里做的单调运动。

朝着筑地方向走去。迎面过来一位身穿粗呢大衣的男人。脸色乌青，蓄着考尔曼①式的八字胡。男人一边的肩膀微微向上耸，走路的姿势很奇怪，像静悄悄的黑夜一般走了过来。近来流行不出响声的鞋底。擦肩而过时，外套底下吱吱嘎嘎的响声唤醒了诚的记忆，诚不禁打了个寒战。适才从公司出来时曾经和这个男人碰过面。一条腿是谙熟而精巧的假肢。假肢的男人也同自己一样，穿梭在拥挤的人群中，毫无意义地在城市的暗夜里游荡。

诚嗅到一种迄今为止从未允许自己拥有过的、具体性的气味。昨天像今天，今天又似明天一般，所有事物之上所具有的单调而顽强的具体性的气味。这气味在城市中无所不在，厚颜无耻地发着光，并将此外的存在统统打上"抽象"的烙印。唯有具体性，目空一切，高高在上。

"我与这种东西无缘。是的，从小时候起，这种具体性便与我毫无关系。"诚抵御着袭入眼睛的寒气，边走边思考，"我所做的一切，最终也不足以打破屹立在自己与世界之间的玻璃墙。想想看，在北极探险的大冒险家，一天总得上一次厕所吧。而我却对只字不提大小便的探险记深信不疑。"

反省的习惯，不过是切割成碎片的诚日课的一部分。回到公寓，在门口的棕榈垫上蹭着鞋底的泥，突然，毫无预期的欲念袭上心来。

打开三楼的房门，开了灯。遽尔萌生的欲念使诚的体内火一般

---

① Ronald Colman（1891—1958），英国演员，后成为好莱坞影星，出演过《鸳梦重温》等影片。

灼热，身体控制不住地发抖。诚困惑不已。熄灭灯，穿着鞋和衣躺在床上，两手紧紧握住床头的铁栅栏。铁的冰凉让手心感到舒适，身体却受到一阵阵寒气的侵袭。诚起身点燃了瓦斯炉。紫色法兰绒般柔和的火焰，渐渐让诚的目光恢复了柔和。

诚想象着正在加班的耀子每一个细微的动作，雪山般的文件，仿佛是压在自己身上的重荷。必须做点儿什么。是的，还有工作要做。诚想着，在黑暗的屋子里走来走去，一不小心碰到茶几，将早晨忘记清洗的咖啡杯打翻在地上。诚拿起来一看并没有打破，反而加剧了焦躁。诚将杯里的咖啡残渣慢慢滴到手心。就这样毫无意义地又过了几分钟。城在桌前坐了下来，却无事可做。手不由自主地伸向电话。

耀子接了电话。耀子的声音在夜晚的办公室里回荡。也许是心有所想，耀子的声音里似乎带着几分诉求的热意。诚简短地说明要事。资料有一部分需要修改，请她尽快将那几份文件送至他的住处。

接下来的几十分钟，有如死囚在等待执行一样漫长而迫不及待。这段时间里，奇妙的是，诚忘我地历数着非难耀子的每一个理由，得出她已然被抽象性所毒害的结论。大笔大笔的钱往牛车的饲料桶里扔，简直是岂有此理。那女孩对现实的报复行为过于随便，却不明白，对于现实，笼络的方式才是最有效的复仇……

年轻而充满偏见的两人会面的时刻终于到了。听到耀子的敲门声。仿佛细细品味注入耳朵的醇酒，诚的耳朵为这美妙的声音而醉了。耀子见房间漆黑一片，露出惊讶的神色，却仍旧在瓦斯炉前和诚面对面坐了下来，平静地取出文件。打字机的蝇头细字在瓦斯炉的火光下看不太清楚。耀子在一旁注视着无意阅读、只是怔怔盯着纸

面的拘谨的诚。稍过片刻,开口问:

"是这些文件吗？"

"没错。"诚回答。

耀子接着又问起了诚,话音里透出世人谄媚地将之称为"母性"的自以为是的笑意。

"这么黑看得清吗？"

这句巧妙混合了媚态与挑衅的话惹恼了诚。

"你太不认真了！"

"哦？为什么我……"

"是的,太不认真！你与人生的关系是如此轻率随便。自以为是在玩弄人生,却没有意识到是人生像宽恕淘气的孩子一样微笑着宽恕你。像你这样谁都不爱的状态是无法永远持续的。避免被爱的危险,除了去爱之外别无选择。"

"没有任何人能够与人生结成切实可靠的关系。"耀子干脆地反驳,"董事长自己不也是如此么？你将'合议必受约束'奉为宗旨,先以诚实将自己束缚起来。好比想捉黑猩猩,先绑住自己的脚来让它看,一旦黑猩猩模仿,便很容易捉住了。但是对我来说,对人生表现自己的诚实,就像掀开裙子展示一样,绝对做不到。我下过决心,对人生绝不表露自己的诚意。只在将大笔的钱丢进饲料桶时,才与人生发生关系,发生背叛的关系。……金钱从该有的地方移动至不可能出现的地方,这移动的瞬间几乎让人痴迷。那一刻,我对亲手制成的这枚与人生相连的小小的绳结,像自己创造的小小的神灵一样崇拜呢。"

"你的理论,说实话就是处女逻辑。同时也是义贼与革命家的逻辑。你简直中了邪了。"

"随你怎么讲。我并没有轻蔑的意思，但也谈不上尊重。如果说相互依存的社会是一个圆圈的话，我希望自己是这圆圈上的裂缝。"

"裂缝是会立刻接上的哟！"诚继续说，"最初我的想法也和你差不多。但是这圆圈，蛇一样围成的圆圈，却是不死之身。平庸能够被救赎的，只是一瞬间而已。想以玩世不恭来挽救平庸，就像让当铺的掌柜去寄席听落语①，不过是让心灵得到片刻的洗涤而已。我一直在思考如何能长久持续的方法。那就是忘记目的。太阳商社憧憬着征服。依我的观点，就是为了争得蔑视的权利而斗争，这就是征服。对于某种价值，想征服它的目的，不过是想争取蔑视它的权利罢了。我的处世之道，就是忘记目的。为此，甚至可以诚心诚意地向征服的对象表示敬意。"

"能够忘记目的吗？"耀子冷静地怀疑，"即使是一刹那，我也不会闭上我的眼睛。因为女人有羞耻心。男人总说女人功利，是羞耻心让女人保持着清醒。况且，女人也不能够将'蔑视'当作目的。"

"是生孩子的缘故么？"

"大概是吧。不过，对我来说还是很遥远的事。"

"可是，蔑视的欲望就像精神上的肉欲一样。精神无法生成肉体，所以才以杀戮的欲望代替占有的欲望。'精神之高地'完全就是一派谎言，应该叫'精神之凹地'还差不多。因此，在忘记精神上的目的期间，我们才多少像个人的样子。哲学家之所以能活到八十岁，是因为八十年间忘了哲学的目的。换句话说，能够如此，全是托哲学

---

① 落语是日本的传统曲艺形式之一。表演形式及内容与中国的传统单口相声相似。

的福。"

"是吗？可是，你可不像是能够忘记的人。要是有忘记的才能，一开始就不会想那么多了。那些人比起目的来首先会忘记行为，因此才能在行为的另一头呼呼睡午觉呢。所以说个个都长得肥肥胖胖、脸色红润。董事长这么瘦，脸色也不红润，你是那种连十年前忘在电车行李架上的书都记得一清二楚的那类人。你总是对自己说不后悔。不过是蒙骗自己罢了，因为你知道你不能后悔。只要你后悔一次，就会像被打上沙滩的海蜇，所有的组织都会毁坏殆尽吧。不是行为推动着你向前。你的行为，如同货物从超载的卡车上掉落一样，从你身上不得已地掉落下来。你的行为是你记忆的剩余吧。你的体验可以说是太过浓厚了，所以需要用行为的水分将其稀释。而体验这东西，如果一开始就不够稀薄的话，人是会很痛苦的。你的'目的'、就是被你称作为了忘却的'目的'，并非未来，而是过去。你的童年，大概是在使命感的梦魇之下度过的吧。从那时起，对你来说人生就像沉甸甸地压在嘴上的过于沉重的乳房吧。"

"真是令人叹服的人物论。"诚忍不住叫道，"对我而言，正如你所说的，人生的确是过于浓厚了。我也觉得如此。我想尝试达到人的能力之极限，且为此焦虑不安，其中原因就在于此。而且，（不幸）这家伙，没有过剩的外表却惯于以有欠缺的外表出现。因此，反而令人产生一种人生太过稀薄的幻觉，并为此而烦恼不已。"

"用猜谜似的批评来相互寻找对方的缺点，"聪明的女孩说，"既有益，也很有趣呢。刚才你说我是一个被人生以微笑宽恕的人。只有被宽恕的人才能随心所欲，想做什么就做什么。因为我们被宽恕，所以比任何人都自由。"

"我可没想过自己是被宽恕的。"诚愤然反驳,"我绝不会乞求垂怜,只是尽力做到让对方无可挑剔罢了。"

"那也就是宽恕嘛。"

"如果对方有宽恕的权利的话。"

"宽恕的权利是最平庸的东西。无论婴儿还是乞丐都有权利吧。只是我们没有罢了。"

"我还暂时不想拥有这份权利呢。"

两人这才相视而笑。这句话,一直鲜明地留在诚的脑海。可以想见没有宽恕权的两人之间所产生的谅解是如何的无力。

时间在说话之间不知不觉地过去。诚笑着若无其事地站起身,用藏在手帕下的钥匙将门反锁。耀子听见细微的锁门声神色一变。为了让她安心,诚打开了房间的灯。耀子苍白的脸颊浮出一丝薄冰般易碎的不安的微笑。诚向耀子轻轻眨了眨眼,对方却没有读懂自己意思的反应。耀子毫无防范的样子,甚至有种可以称之为高贵的风韵。唯有烤火的手,神经质地左右不停交替。

诚揣度耀子会不会叫喊起来,继而又想起自己曾偷偷发过的誓,像士兵一样在心里默念着——"没有足够自信将她抛弃之前,无论有多痛苦也绝不会碰她一根手指头!"——诚为虹吸咖啡壶点上火。耀子站起来向门口走去。

"你要去哪儿?"

"我该回去了。"

"门上锁了。"

"给我钥匙。"

"喝杯咖啡吧!"

"给我钥匙！"

耀子严厉地重复了三遍。每当见到女人在这种场合一本正经的样子，诚就觉得滑稽。女人所维护的价值本身，本来是男人赋予的，却似乎一旦到手就不再想归还了似的，一副振振有词的样子。贞洁又何尝不是一种悭吝。

尽管如此，不知所措的耀子失去血色的脸上流露出羞怯惊恐的神色。接受或者拒绝，二者只有几乎相同的意义。紧张与自失的界线，如为拂晓微明时云彩所陶醉。陶醉中的耀子，与其说美丽，毋宁说是圣洁。这是悭吝的圣洁，修女的圣洁，紧闭的房间积满灰尘的圣洁，粘绕在水底石子上青苔的圣洁，圣者衣服上陈渍的圣洁。而清洁并非圣洁的必要条件。

耀子只好坐回原来的椅子。诚端来煮好的咖啡递给耀子。耀子并不伸手，只默默摇了摇头，双手交叉放在膝上垂着头拘谨地坐着，从双层衣领深处瞥见瀑布般飞泻而下的雪白柔美的后背。诚将咖啡杯放在饰品架上时，咖啡勺掉在了地上。这清脆的响声缓和了紧张气氛。两人不约而同伸手去捡勺子，手和手碰在了一起。诚顺势将耀子的手揽入怀中，弯腰的瞬间在耀子脸颊上吻了一下。耀子睁大眼睛吃惊地望着诚。

"你要干什么？"耀子的质问像第一次见到大象的孩子。诚一时没转过弯，笨拙地反问是什么意思。耀子站起身又重复了一遍，诚这才明白，轻描淡写地答道："我也不知道想要干什么。"

耀子沉默了片刻，静静地看着他的眼睛说道："我讨厌这种事！"不容她说完，诚吻上了她的唇。耀子掩面无力地倒在了椅子上，生怕脸掉下来似的用双手托住脸，仿佛托着沉甸甸的忧郁。

诚的吻像苍蝇一样游移在她的发丝和后颈，女人微晃着柔嫩纤细的颈项喃喃道："不要、不要。""真的是第一次吗？"诚唐突地问。愚拙的提问往往直指靶心。"是呀，我还从未接过吻呢。"耀子也坦率地回答。两人之间的会话仓促地结束了，真实性往往会随着失速而消失，旋转的陀螺中出现的彩虹，谁能够否认其色彩的真实性呢。

没有比细述闺帏之事离此类真实性更为遥远的了。这对奇妙的男女在床第间的一举一动，有如双重叠影，一笔一画地描绘着自身的行为。而代替纯粹的行为存在的，是一种合作、一种共谋。

灯熄灭了。诚的行为被称为强奸也无可奈何。半梦半醒之间，耀子执著而柔软地拒绝着。推开他的姿势几乎像是祈祷。执拗的拒绝几近执著的愿望。"我讨厌董事长，讨厌你！"她反复地说。音量适中，绝不会到叫喊的程度。敌意中混杂着微妙的香料般的适度的体贴。这份温存，这份柔情，让诚感到说不出的适意。如此恰到好处而似是而非的厚意，到底该称之为爱还是虚与委蛇？

总之，一个仪式，一段音乐。这不合情理而破绽百出的行为之下，一种心照不宣、一种克制与调和在鲜活地觉醒。耀子纯洁的、火一样的身体赤裸着。对于发生的一切，自始至终不忘表现出她的苦痛与嫌恶。她的双眉、脸颊、唇和手冰冷僵硬，脸上带着痛楚而苦涩的表情渐渐沉溺于汗水中，似乎在倾其之力地表明，唯有痛苦才能带来慰藉的宁静。

事后，他吻着她。唇下第一次觉出她微笑的肌肉轻微的牵动。她在怯怯地模糊地回应着他的吻。小巧精致的牙齿仅仅一闪，微笑转瞬消失在黑暗中。

就算是梦中，又有谁曾有幸目睹过如此纯粹的处女呢？羞涩、纯洁、嫌恶、恐怖、好奇心、欲毁灭自身的不可预知的热望、拟死、为了不被对方蔑视而守护身体的本能的媚态、愤怒、对于肉欲的欢愉与憎恶……一切都完美地集于一身。准确地说,耀子自身,便是处女性的集大成。在这充满羞怯的肉体中,像薄冰下融化的雪水,一种清冽的陶醉在暗暗涌动。诚凝视着眼前的耀子,内心感到无上的欢悦。

除了偶尔呼啸而过的电车声惊扰了夜的宁静之外,没有任何声音。只有被瓦斯炉的火焰裹挟着的空气发出微弱的呼吸。耀子宛如残雪般静谧地躺在那里,仿佛刚刚诞生并完成的一具完美的女体。不久,耀子醒了过来,在床上颤抖着支起上身,拉起揉皱的床单慵懒地盖在膝上,像个孩子似的,忘记了自己毫无遮掩的乳房。

"还我的内裤!"耀子生气地说,像受了多大冤枉似的。诚索性开了灯四下里寻找了起来,却不见踪影。磨蹭了半天,诚从毛毯的折缝里变戏法似的抽出了折叠得整整齐齐的粉色丝质内裤。耀子羞红了脸,犹豫不决地接了过来。

"吓着你了?"诚问道。

"嗯,吓了我一大跳。"快穿好衣服的耀子回答,"不光是吃惊,简直是令人恶心。没想到人居然做这种事。大家都这样么?"

"你也是你父母这么做才出生的嘛。"

"真讨厌!是真的吗?"耀子皱了皱眉。似乎从心眼里厌恶的对象与皱着的眉头之间,有一种不负责任的距离感。

"父母会做这种事?如果这件事很寻常的话,今晚回家看到妈妈的脸肯定会觉得很丑吧。从今天起,也许会比恨你更恨妈妈一些呢。"

离末班车还有一些时间,诚重新煮了咖啡,想让耀子多留一会儿。耀子的眼眸像远处的火灾隐隐约约地闪烁着微红,不安地转动着。忽而站起又坐下，担心头发凌乱而不停地用手整理，甚至不安地询问自己的头发和脸上会不会留下与这事有关的某种特别的痕迹。之后的三十分钟，两人规规矩矩地坐在椅子上。缺乏文学话题的诚，对耀子展开了关于性知识的解说。此刻，耀子的眼眸因纯粹的求知欲和贪婪的好奇心——粗俗的世间称之为"科学精神"——以及对知识露骨的渴望而闪闪地发亮。在耀子纯粹的求知欲面前，诚体会到小学教师在学生面前感受到的全能的、藐视一切无知的喜悦。在耀子的好奇心中，诚看到了她不知害羞的自然而质朴的欲望的萌芽。

坐计程车先到新宿车站，改乘小田急线的话，耀子十一点多便可到家。诚披上外套，出门为耀子叫车。走到门口，诚回头说道：

"这时候谈工作的事有些不太合适。"诚顿了一下，"带过来的文件烦请你保存到明天早晨。明天上午我要去拜访政府机关，带着文件不太方便。还有，这个你也拿着。"说着从衣兜里掏出一个大号的牛皮纸信封，"差点忘了！请你明早看完之后送去打印。记住，一定要亲自开封，仔细读过之后再送去打字哦。这份文件非常重要，千万别弄丢了！"

若放在平时，耀子定会拿在手里掂一掂分量，眼角掠过淡淡的笑意问："是钱吗？"此时却没了往日的从容，只是接过来仓促地塞进包里。月岛栈桥的方向传来汽笛声。眼前晃晃悠悠过去了几辆拉客的三轮车。诚向马路对面的计程车招了招手，车转了一个急弯，带着笨拙的媚态在两人身边停了下来。夜晚行人稀少的街头，诚夸张地挥着手看着车子走远之后，点了一支香烟，久久地伫立着。诚的脸在发烫，凛冽的寒风似乎要划破他的脸颊。这个冷血的男人，想到自己的脸竟然偶尔也会发烧，心中忽而生出一种恶意的快感。

第十七章

一个星期过去了。那一天的次日，耀子同往常一样结束了上午的工作，下午推说头疼，早早离开了公司。七天过去了，没有任何音信。

趁办公室没人，爱宕调侃诚对耀子的缺勤漠不关心是装腔作势。

"她不会来了。"诚例行公事般明快地说，"要是能若无其事来上班，倒是没有比她更合适做我妻子的人了。可惜她也不过是个平庸的女人。就像野猪和鹿只认得走惯的途径。猎人只要耐心蹲在那儿守候，一定能捕获猎物。真是蠢透了！"

"你到底在说什么？"

"看看这个吧。"诚从抽屉里取出一沓文件放在爱宕面前说，"不过这是副本。"

文件上写着"帝探人事第七七一号调查报告书"。是诚委托秘密侦探社的调查报告。

根据这份材料，野上耀子现在已有三个月的身孕，男方是税务署的小职员。耀子不仅每个月给男的数千元零花，为了能使男的晋升，还暗中探查太阳商社的实际收入。公司的税额将根据她的报告而定。如果税额的准确性被证明，耀子情人的工作能力将会得到赏识吧。太阳商社则做梦都想不到实际收入被发现并课税，将会以滞纳税款而被处分。……

"竟然如此！"爱宕惊讶地说道，表情却并没有显得很震惊，"不过，这也不是什么稀罕事。谁都能想得到却很少将这种预测放在心上，待事发之后却大吃一惊。现在回想起来，那个女人的确有不少可疑之处。"

"你这么说，是你一向不喜欢她嘛。"

"那倒是。问题是你一副泰然自若的样子是怎么回事？"

"好吧，我就直说了。我早就觉得有些蹊跷，派人去做了调查。知道真相的时候，心里确实非常难过。但是我最看不起报复那种廉价的勾当。结果不过是平庸的罪恶加倍平庸，俗恶的事件更为俗恶罢了。我希望将自己陷入的平庸的不幸变得不平凡一些。因此，我要做的便是追求她，征服她，装成纯真的、一无所知的求爱者的样子。让她以为我对她是处女深信不疑。就这点来说，真是太成功了。可是对方却更胜一筹。老实说，我以前曾和两个处女有过关系，但还从未见过比这冒牌处女更像处女的人。令人不抱丝毫疑心地精心上演了一出破瓜的仪式。真是个可怕的女人！演技的统一性远远凌驾于事物芜杂的真实性。我算是真正领略了什么是'处女'。"

"然后呢？"

"哦，我给了她一份谢礼。"

"什么礼物？"

"我将这份报告书装在信封里交给了她，叮嘱她次日上午务必亲自过目。她读了，然后消失了。不过，那一夜的事恐怕她自己也不会后悔吧。"

"这游戏也太残酷了！你这人总是将人生往坏的方面想。难道不能将人生看得平淡一些么？"

"螃蟹总是按自己壳的大小挖洞穴。"

诚凝视着爱宕，露出一贯的犬儒式的微笑说道。爱宕询问道："在胜利和失败之间，你现在感觉接近哪一方呢？"

"哪一方也不是吧。"诚笑道，"就像你所说的那样，心情非常宁静。"

"心情宁静的家伙，为什么将氰酸氢像命根子似的一直带在身上？"

诚一瞬变了脸色。爱宕看出诚内心的动摇，不禁笑了起来。

"放心！我还不至于误解你变了神色的理由。从盘尼西林的经纪人那儿弄来的氰酸氢吧。我早就知道。我看不是为了杀人，而是自杀吧。当然，我没有权利阻止朋友自杀……不过，自杀的动机，你以为我猜到你是因为对女人的幻灭，所以变了脸色，那一瞬可真是有趣。我知道，没有比被误解为是因女人而自杀更伤害你的自尊了。一想到这种可能性，对你而言比自杀更不堪忍受吧。"

"真不愧是我的朋友！"诚道，"对于毒药，我有自己不同的看法。在法律上，这东西具有将违反契约行为正当化的力量。如果我吞下它，随着契约当事人一方的死亡，契约会以情况变更原则被取消。如果债务累积过多，到了一筹莫展的时候，吞下它就可以和这世界道别了。这样一来，便可保全我一向信奉的'合议必受约束'的真理。因为死者是没有意识能力的。"

"计划得很周到嘛。"爱宕说道。这位不拘小节的友人根本没将诚带有悲剧色彩的玩笑当成一回事。

"你呀，总是把未来的事计划得毫无变通性，然后头也不回地向前奔去，却绝不允许自己在自己手里得到自由。真是个古怪的人。迟早你会像你希望的那样吧。而且一旦决定要服毒而死，绝不会改为饮弹而亡。"

"你说得确实有理。看来你我之间太过'理解'了。"

"这才像你说的话。没错，我们之间名为'理解'的锯屑堆积得太多了。而你，最讨厌的就是被人理解，你只允许自己理解自己。"

"爱宕的思想，是认为社会并不为自己所有，而是自己属于这社会。这种思想，不过是理解与被理解之间的一种卖淫行为罢了。委身于理解的同时，也要求他人委身于你的理解。你就是现代社会中卖淫行为的化身。与金钱同样，理解也在流通。一个堕落的时代！我曾经想用金钱作为盾牌来保护自己，以免陷入堕落。除了金钱，除了用钱开口之外，人与人之间既没有被理解的义务也没有理解他人的权利。我曾一直幻想着能有这样一个乌托邦。而你，却是如此肮脏，竟然试图要理解我。"

"如果你的态度是这样，那事情就简单多了。我想，我们是到分道扬镳的时候了。你不认为吗？"

"你已看出公司资金危机的兆头了吧。"

"没错！这种怪胎一样的破公司最多半年也就到头了。"

"眼力不错！我也作如此想。要是你想走的话我也不强留。"

"至少得付我五十万的退职金吧？"

"你又不是投资者，别说的有多了不起似的。给你三十万，见好就收吧。"

"钱的事再慢慢商量。跟客户的交情，有家可靠的公司想拉我过去。从普通职员开始做起。我这人，还是喜欢实质的东西。"

"实质是什么？是柿子核那样，虽说不能吃，但过个十年八年就会结果子的那种东西吗？"

"是未来啊。"

"你呀，肯定会长寿的。"

两人像学生时代一样谈笑风生地聊着分手的事。诚一直都憎恨着爱宕。他奇怪为何没有早注意到这一点。就像发现自己爱一个人却太迟一样，憎恶也同样有被忽略的倾向。到了这时我们会恨自己对感情的怠惰。

诚独自走在街上。早春的风还有些料峭，却是一个阳光明媚的早晨。街上挤满了无所事事的闲人。这些人似乎在互相打趣似的欣赏着彼此略有些呆滞的表情。这是诚特有的冷静的观察力。他常迫使自己对一切抱着冷眼旁观的态度。诚穿着大衣，肩膀几次撞到了路上的行人。对方恼火地回头盯着自己，诚觉得对方像是看穿了自己的焦灼不安。上百万的赤字过不了数月将会变成数倍亏损的事实，几乎是不言而喻的事。抵押品滞销，诈骗集团四处横行，到处蔓延着不景气的霉菌。贷出去的款难以收回，尤其是新近增加的小额贷款收不回来。压迫小市民生活的各种因素加在了一起，犹如一团乱麻，任何人都无计可施。

诚仰起头望着街道两旁还未发芽的光秃秃的树梢，心里冒出一个古怪的念头。诚发现自己有仰望天空的习惯，心想，也许自己应该成为一位诗人。不过，假如他知道艺术家所需的是真正的狡智，肯定会唾弃这职业吧。诚走上楼梯，进了二楼的一家咖啡屋。温暖的阳光照射着每一扇窗户。客人并不多。听见鸟笼里的小鸟清脆的鸣叫,客人们转身看着小鸟。咖啡屋弥漫着温馨而亲密的气氛。

诚找了一个靠里的座位,点了杯热饮。发现相反一侧的窗边坐着两个人。看清是谁时,诚换了一个不易被发现却又能观察两人的坐姿。清晨的阳光洒满了白色的桌布。阳光中,青年和少女头碰着头地说着话。和少女交谈的年轻人,诚一时竟没有意识到是易。易高兴时有频频眨眼的习惯,诚这才断定确实是易。易的外套袖口有些破了,少女的衣服虽然不算破旧,却与易一样简朴。两人的脸颊洋溢着青春的光泽。时而倾斜,时而低头,间或朝后仰着大笑。额际略显纷乱的短发在阳光下泛着耀眼的金色。

易是退出共产党了吗? 或是与党内的女孩正相得甚欢? 诚想,无论在何处做着何事,易都是一样的,易永远是易。让人嫉妒的是,易既是易的同时,又能成为千万人中的任何人。他的存在与他同质的存在之间的界限上,一定不会有像自己这样的阻碍。比如控制他人,拒绝他人的理解,或征服他人,或做出非人的努力,这一切完全没有必要。他的存在,借助着一种薄薄的膜质般的东西,与地面上的一切存在达成默契,最终将与浩气同化为一体。人存在的意义之中,存在因存在的意识而灭亡,却因存在的无意识或无意义而实现其使命,其中一定有一种摄理在起作用。

两人露出雪白的牙齿开心地笑着。诚注视着二人,似乎自己变成了透明的存在。诚突然感到一阵罕有的快慰。

易拿出记事本,寻找着铅笔,却没有找到。少女从手提包里翻出一支绿色的铅笔,递给了易。易在本子上匆匆地记着什么。

诚觉得那绿色的铅笔似乎非常眼熟。铅笔身的文字在阳光照映下呈现出的金色,似乎还留在记忆的深处。他试着想回忆起什么。

在记忆中，模糊不定的梦境与现实渐渐清晰起来。诚的耳膜深处突然响起一个声音，却又转瞬即逝。似乎在说：

"诚啊，那可不是商品！"

此刻，天突然阴了下来，对面的窗户顿时失去了适才的亮色。这声音，连同消失的光线，一并从他的脑海里飞逝而去了。

一九五〇年十月三十一日

图书在版编目（CIP）数据

青色时代 /（日）三岛由纪夫著；朱武平译.—上海：
上海译文出版社，2018.1（2024.8 重印）
（三岛由纪夫作品系列）
ISBN 978-7-5327-7556-9

Ⅰ.①青⋯ Ⅱ.①三⋯ ②朱⋯ Ⅲ.①中篇小说－日
本－现代 Ⅳ.① I313.45

中国版本图书馆 CIP 数据核字（2017）第 153387 号

AO NO JIDAI
by MISHIMA Yukio
Copyright © 1950 The Heirs of MISHIMA Yukio
All rights reserved
Originally published in Japan
Chinese (in simplified character only) translation rights arranged with
The Heirs of MISHIMA Yukio, Japan
through THE SAKAI AGENCY

图字：09-2012-703 号

青色时代	[日] 三岛由纪夫　著	出版统筹　赵武平
		责任编辑　刘　玮
青の時代	朱武平　译	装帧设计　柴昊洲

上海译文出版社有限公司出版、发行
网址：www.yiwen.com.cn
201101　上海市闵行区号景路 159 弄 B 座
上海新华印刷有限公司印刷

开本 890×1240　1/32　印张 4.75　字数 76,000
2018 年 1 月第 1 版　2024 年 8 月第 5 次印刷

ISBN 978-7-5327-7556-9/I·4620
定价：35.00 元